허들

신주희 소설

자음과모음

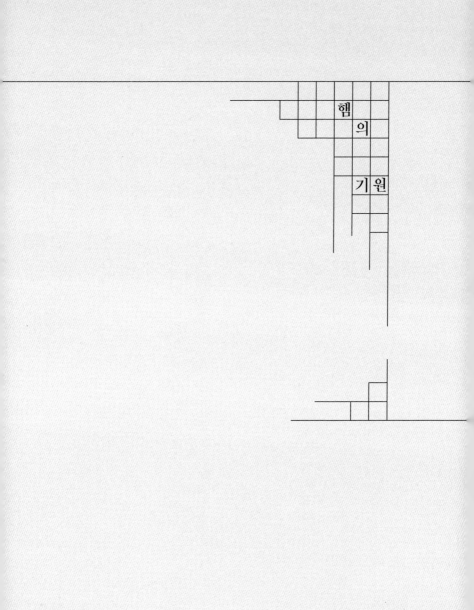

햄 의

기원

좁은 사육장 속 표범은 병든 고양이처럼 풀이 죽어 있었다. 철장 안의 새들은 날아오르다 곧장 시멘트 바닥으로 떨어졌다. 비어 있다고 생각한 우리에도 짐승이 있었다. 자세히 보니 털 뭉치에 가까운 그것은 털 속에 등뼈를 잔뜩 세우고 있는 듯 보였다. 겨우 존재하는 것처럼 보이던 동물들은 지금 어디에 있을까.

자주 들르던 동물원이 폐원되었다. 우연한 일이겠지만, 그 뒤에 나는 일을 하게 되었다. 오늘도 구두를 신고 넥타이를 맸다. 지하철을 타고 강남역에 내려 보험 영업소로 들어섰다. 아침 조회가 끝나고 커피 한 잔을 마셨다. 자리에 앉아 인터넷으로 뉴스를 보다가 검색창에 '4월의 미술 전시'라고 쳤다.

〈뛰는 순간〉, 최은희 개인전

〈인간, 오브제 그리고 변형〉, 제2회 김영주 정기 전시

〈최선의 감각〉, 권해람·김수철·최창현 그룹전

〈식물의 말〉, 윤기수 개인전

아는 이름들을 추렸다. 작품이라고 뭔가를 내놓는 쪽과 그
것을 작품이라 여기는 쪽의 조합만 바뀌었을 뿐 보이는 이름
은 몇 달 전과 비슷했다. 나는 지하철 노선을 따라 대략의 동
선을 짰다. 인사동에서 〈뛰는 순간〉, 삼청동 〈인간, 오브제 그
리고 변형〉으로, 가능한 최적의 동선을 고려해서 익선동 〈최
선의 감각〉. 이제 일을 시작할 시간이었다. 나는 핸드폰에 저
장된 순서대로 전시의 주인공들에게 전화를 걸었다. 조바심
이 났다. 보험을 시작할 때만 해도 전화를 잘 받아주던 사람
들이 어느 순간부터 전화를 피하는 것 같았다. 어쩌다 전화를
받은 이들도 말을 맞춘 듯 비슷한 반응을 보였다.

알잖아. 내가 요즘 통 작업을 안 해.

지금 좀 바쁜데, 내가 연락할게.

아무래도 소문이 난 모양이었다. 미술계 언저리에서 이름
을 팔아먹고 살던 내가 보험을 팔기 시작했다는 것이. 생계
를 쉽게 포기할 수 없었다. 이거라도 하지 않으면 의미도, 생
활도 해결되지 않는 그림을 죽도록 그려야 했다. 그것은 내가

생각하는 예술적인 의도와는 별 상관 없는 일처럼 느껴졌다.

그렇게 반복되는 노동은 어디에도 재현되지 못하고 머릿속에서만 맴도는 이미지와 싸우는 일이었다. 그럴 때면 차라리 눈이 사라졌으면, 하고 바랐던 때도 있었다. 그러는 동안 나는 무려 마흔이 되어 있었다. 마흔만 된 것이 아니라 신용까지 불량한 사람이 되었다. 나는 입속에 거슬리는 이물을 뱉듯 퉤, 하고 소리를 냈다. 그래도 예술을 했던 자인데, 하는 자괴감이 있던 시절은 이미 지난 지 오래였다. 내 돈으로 밥을 먹고 방세를 내는 것만으로도 감사한 경지에 이르렀다.

나는 다시 통화 버튼을 눌렀다. 세 번째 시도였지만 또다시 음성사서함으로 넘어갔다. 난처한 기분으로 핸드폰을 보는데 뜻밖의 이름이 화면에서 반짝거렸다. 화 씨였다.

선배.

그렇게 말한 화 씨는 수화기 너머로 가만가만 숨소리를 냈다. 나는 잠자코 숨소리를 듣고 있다가 말했다.

왜? 무슨 일 있어요?

네. 그게.

뭔데?

햄이 죽었어요.

나는 화 씨의 축축한 얼굴을 상상하며 한동안 화 씨처럼 숨만 내쉬었다. 가만, 가만히.

죽음을 맞은 사람은 대학 동기 햄이었다. 부음을 듣고 장례식장으로 가면서 나는 햄의 잘못된 선택들에 관해 생각했다. 햄과 나란히 앉아 그림을 그리거나 복도에서 담배를 피우던 것이 먼저 떠올랐다. 정물화, 인물화, 누드 크로키 같은 것들을 반복해서 그리던 시절이었다. 새우깡에 소주를 마셨다. 예술을 아네, 모르네 주정을 했다. 좆이나 개, 엿이나 뻑 같은 단어를 그것과 붙여 말했고 돈은 벌지 않았다. 그때는 햄도 나도 술로 살을 찌우며 살았다. 며칠씩 남의 자취방을 번갈아 떠돌았다. 햄은 천 원짜리 한 장도 남지 않게 되어서야 비로소 집으로 돌아갔다.

햄의 부모는 그에게 질문 같은 것은 하지 않았다. 취업 계획을 추궁하거나, 왜 남들처럼 미술학원 아르바이트를 하지 않는지 궁금해하지 않았다. 그건 유난히 괴기했던 그의 작업에 관해서도 마찬가지였다. 10년을 넘게 기른 자신의 머리칼을 잘라 곰 인형의 배 속을 채우는 것을 보고도, 그 인형을 사람들에게 가족이라 소개하는 것을 알면서도 그랬다. 햄의 부모는 햄이 치과를 돌아다니며 사람들의 치아를 모으고, 그것을 개의 턱뼈에 붙여 넣는 일을 해도 꼬박꼬박 용돈과 등록금을 쥐여주었다. 그 시절 나는 햄에게 혹처럼 달라붙어 그 호사를 함께 누렸다. 햄과 내가 집에 있으면 그의 아버지는 제일 먼저 TV 소리를 줄였다. 어머니는 부엌으로 들어가 조용히 밥상을 차렸다. 1인용 상 위에 새로 끓인 국과 반찬을 올리고 몇만 원을 함께 두었다. 햄의 부모는 무성영화에 나오는 사람들처럼 기척 없이 움직였다. 나는 햄과 함께 누워 가만가만 딛는 그들의 발소리를 들었다. 언젠가 햄은 그의 부모를 두고 이런 말을 했다.

내 부모는 예술을 경외하는 것 같아. 허리가 휘고 손톱이 빠지도록 말이야. 평생 식당 일 말고는 아는 게 없는 사람들인데, 마치 내 작업을 이해하는 것 같아.

그러나 뜻밖에도 그가 그의 부모에 대해 했던 말은 점차 반대의 의미로 내게 남았다. 정확히는 햄의 졸업작품 때문이다. 그것은 〈거미〉라는 제목의 영상 작업이었다. 줄거리는 기억나지 않는다. 애초부터 스토리가 없었기 때문이다. 영상에는 햄의 집이 등장했다. 거미줄처럼 복잡한 카메라 워킹으로 촬영된 집에 희끗희끗한 물체가 자꾸만 나타났다 사라졌다. 싱거운 표정으로 영상을 보던 나는 하이라이트 부분에 이르러서야 희끗거리는 것의 정체가 햄의 부모임을 알아차렸다. 흔들리는 영상 속에 햄의 어머니와 아버지가 알몸을 드러낸 채 클로즈업 되었다. 햄은 그것으로 최우수 졸업작품상을 거머쥐었다. 시상식장에서 상을 받은 햄의 등 뒤로 연신 누군가를 향해 굽신거리는 노부부가 서 있었다. 울지도, 웃지도 않는 그 묘한 얼굴을 보다가 느닷없이 가슴이 뻐근했다. 손에서 땀이 나고 얼굴이 빨개졌다. 이미 붉어진 얼굴이 한도 끝도 없이 뜨거워졌다. 알 수 없는 수치심에 뺨이 간지러웠다.

졸업 후 시간이 지나면서 햄의 작업은 점점 더 극단적이 되어갔다. 어느 날 그가 동물의 피를 수혈 받는 엽기적인 계획에 대해 이야기했을 때 나는 난생처음 무모함에 대해 생각했다. 마침내 그가 무엇이라고 할 수 없는 정체불명의 상태에 이르렀음을, 어딘가로부터 완전히 멀어졌음을 깨달았다. 몇 년 간격으로 부모의 초상을 치른 뒤라, 몇몇 동료들이 설득해보았지만 소용없었다. 쇼크와 면역반응에 대비한 몇 가지 테스트는 그저 형식에 가까운 수준이었다. 미국에서의 전례가 있었다지만 아무도 그의 안전을 장담하지 못했다. 하지만 그는 그에 대한 모든 우려를 자신이 진행하려는 작업의 일환으로 받아들였다. 햄은 곧 말[馬]의 피, 말의 혈청(血淸)을 수혈받았다.

그러니까 한때 햄의 몸에는 말의 피가 흘렀다. 그리고 그는 정말이지 말처럼 굴었다. 전보다 걸음이 빨라졌고 힘차졌다. 소리에 예민해져서 자주 놀랐지만 당근과 설탕을 먹는 것으로 안정을 되찾았다. 햄은 활기차게 작업실과 전시관을 오갔다. 그의 요청에 따라 동료들은 그를 짐승으로 분류했다. 사람들을 만나 밥을 먹고 술을 마실 때에도 그는 진짜 짐승처럼 숟가락이나 젓가락을 쓰지 않았다. 생각보다 아무 이상 없어 보이는, 아니 오히려 좋아 보이는 그에게 사람들은 농담을 던졌다. 소원대로 케이론*이 되었으니 독화살만 조심하라고.

그러나 그 기묘한 활기는 온몸에 생겨난 붉은 반점을 시작으로 조금씩 시들어갔다. 햄의 몸에서 노랗고 진한 고름이 찬 수포가 촘촘하게 돋아났다. 그것들은 하나씩 터지며 짐승의 냄새를 풍겼다. 거대한 냄새가 햄의 몸을 장악했다. 햄은 동료들을 만날 때마다 자신의 상태에 대해 늘어놓았다. 머리카락이 빠지더니 이제는 이가 흔들린다고. 밤만 되면 원인을 알 수 없는 고열에 시달린다고. 활기가 사라진 햄의 얼굴을 보며 동료들은 지갑을 열었다. 그렇게 모인 치료비는 검고 푸른 곰팡이가 피어난 것 같은 햄의 손에 쥐어졌다. 그는 그렇게 반인반수(半人半獸)의 모습으로 6인용 병실에서 죽어갔다. 마지막으로 내가 햄을 보았을 때, 그는 나를 보며 혼잣말 같은 질문을 했다.

예술이란 무엇으로 존재 가치를 유지하는가.

햄은 자답했다. 어떤 논리나 철학이 아니라 실험적 행위들

---

* 그리스신화에 등장하는 반인반마인 켄타우로스족의 하나로 불사의 몸으로 태어났다. 히드라의 맹독을 바른 헤라클레스의 화살에 맞아 신음하다가 제우스에게 죽음을 간청하여 숨을 거두었다.

을 통해서만 유효한 답을 얻을 수 있다고. 나는 오래도록 햄의 얼굴을 바라보았다. 평안해 보였다. 고통으로 굳어 있던 턱이 느슨하게 벌어져 있었다. 검붉었던 반점도 활동을 멈춘 화산처럼 서늘하게 식어 있었다. 무엇보다 그의 몸을 집어삼켰던 짐승의 냄새가 말끔히 사라졌다. 햄은 겨우 몸을 일으켰다. 침대 귀퉁이에 기대어 팔과 다리를 가슴에 붙였다. 막 날아오를 것 같은 새처럼 보였다. 나를 보며 피식 웃는가 싶었는데 곧 밍밍한 얼굴이 되었다. 나는 생각했다. 그래, 참 오래도 버텼구나.

그날 집으로 돌아와 나는 마음을 정리했다. 그림을 그리지 않겠다, 결정했다. 작업실의 그림들을 내버리고 창을 열었다. 방범용 철장 너머로 바람이 불어왔다. 바람을 맞으며 눈이 뻥 뚫린 것처럼 울었다.

햄이 한 가장 잘못된 선택은 바로 이것일지도 몰랐다. 우리가 숭배하던 것, 그 예술이 주는 멸시와 모욕을 끝까지 견딘 것.

아직 오후라 그런지 장례식장에는 사람이 별로 없었다. 햄의 아내와 아들이 주눅 든 사람처럼 서서 문상객을 맞고 있었다. 햄의 아내가 나를 보며 알은체했다. 부의금이 든 봉투를 함에 넣고 절을 하자, 햄의 아내는 뭔가 할 말이 있는 듯한 표정으로 나를 봤다. 잠시 뒤 햄의 아내가 육개장과 편육, 떡을 챙겨 들고 내가 앉아 있는 테이블로 왔다.

손님이 계신데, 가보셔도 괜찮습니다.

아니요. 그게 아니라, 여쭤볼 게 있어서요.

아, 네.

아이 아빠가 보험을 들어놓은 게 있다고 한 말이 기억이 나서요.

네?

아무리 찾아도 그게 안 보여요.

뭐가요?

보험증서요.

나는 햄 아내의 얼굴이 절박해지는 것을 보며 묘한 기분에 빠져들었다. 보험증서를 벌써? 하는 생각을 했고, 다짜고짜 이런 얘기를? 했다.

지금 보험 일 하는 거 맞으시죠?

아, 네. 맞아요. 저한테 든 보험은 아니지만, 보험 얘기는 들은 적이 있어요. 그게 아직 살아 있는지는 확인을 해봐야 할 것 같지만.

왜요?

초반에 보험료를 좀 밀렸다고 들었는데…….

아, 정말 난감하네요. 보험증서가 없어도 괜찮은지가 알고 싶었는데. 그럼 혹시, 보험료를 지금 한꺼번에 내면 어때요?

나는 햄 아내의 다급한 요청으로 듣고서야 현실로 돌아온 느낌이었다. 햄이 자기 인생을 예술의 일부로 생각했을지 몰라도 처자식의 입장은 달랐다. 나는 건성으로 고개를 끄덕였다. 그러니까 햄이 저지른 가장 잘못된 선택은 예술이 주는 모욕을 참고 어쩌고 한 게 아니었다. 보험료를 제때 내지 않은 거였다. 나는 불안이 역력한 햄 아내의 얼굴을 보며 대답했다.

너무 걱정 마세요. 제가 한번 알아볼게요.

장례식장에 모인 사람들은 서로의 눈치를 보며 햄의 죽음을 두고 차라리 잘된 일이라고 했다. 살 가능성도 없었지만 살았다면 앞으로 겪어야 할 고통이 엄청났을 것이라 여겼다. 마땅히 고통이 사라진 지금이 더 좋은 것이 아니냐고 수군댔다. 또 누군가는 그의 몸이 한 장의 추상화 같다고도 했다. 그에게 죽음이란 그가 추구했던 작업의 한 가지 형식에 불과하지 않겠느냐고. 때문에 햄은 미제(未濟)로 남긴 것 없이 자신의 작품을 완성한 것이라고. 그렇게 거창하게 시작된 이야기는 온갖 미학과 철학, 포스트 디지털 작업 등등의 썰로 옮겨졌다. 그러나 핵심은 햄이 마지막으로 남긴 유작의 가격이었다. 말의 혈액을 수혈 받아 영상으로 기록한 적마(赤馬) 프로젝트. 유작의 전망은 이랬다. 작가가 죽었으므로 작품의 가격은 오를 것이다. 햄의 죽음을 계기로 더는 이런 작업을 할 작가가 없으므로 가격은 더더 오를 것이다. 이야기는 점점 햄의 작업으로부터 멀어졌다.

　나는 혼자 술을 마시며 화 씨를 기다렸다. 화 씨는 연극 연출가였고, 딱 한 번 그녀의 극본을 무대에 올렸었다. 나는 연출가에 대한 선입견이 없었는데, 화 씨와 만나면서부터 선입견을 갖기 시작했다. 많은 연출가가 그렇듯 화 씨는 소주를 마셨다. 소주라는 단어는 평소 화 씨의 옷차림과도 어울렸다. 흰색이나 검정색 티셔츠에 청바지. 치마는 입지 않았다. 말투와 앉아 있는 자세, 모텔을 들락거리는 횟수 역시 그랬다. 한때 햄의 여자 친구였다가 나의 여자 친구로 전향한 것도 내가 연출가에 대해 상상했던 그대로였다. 물론 다른 연출가들과 확연하게 다른 점도 있었다. 만나는 족족 밥값과 술값을 낸다는 것과 담뱃값 같은 것에 인색하지 않았다는 것이다. 언젠가 택시를 잡으며 청담동, 하고 외치는 화 씨를 보고 나는 좀 의아했던 적이 있다. 아무래도 화 씨가 했던 말 때문이 아니었나 싶다. 예술의 배고픔과 외로움에 관해 자주 토로하던 그녀였다. 그런 화 씨에게 꽤 오랫동안 연락이 없었다. 나는 갑자기 연락이 닿지 않는 것도 연출가스러운 행동이라 여겼다. 사실, 그것 말고는 달리 화 씨와 헤어지게 된 이유를 찾지 못했다.

마른 여자 하나가 들어와 문상을 하는데 화 씨였다. 흰색 티셔츠에 검은색 바지를 입고 있었고 전보다 더 긴 머리와 더 마른 몸을 하고 있었다. 문득 나와 눈이 마주치자 화 씨는 모르는 사람과 눈을 맞춘 것 같은 표정을 지었다. 화 씨 특유의 당돌함이 없는 무심한 눈빛이었다. 문상을 마친 화 씨는 영정 앞에서 잠깐 우물쭈물하더니 다시 나를 돌아봤다. 잠시 뒤, 내 앞에 앉은 화 씨는 영정 앞에 있을 때보다 더 야위어 보였다. 티셔츠 안으로 툭 불거진 어깨뼈가 도드라졌다. 매캐한 향냄새도 풍겨왔다. 머리카락에 가려진 눈이 충혈되고 피곤해 보였다. 화 씨가 변명하듯 나에게 말했다. 그동안 사고가 있었어요, 하고.

무슨 사고요?

말해도 못 믿을 거예요.

보험도 안 되는 사고였나 보네. 나한테 말을 하지.

네?

나 요즘 보험 팔아요. 신기하죠?

저 심각해요.

어색함을 만회해보려고 던진 농담에 화 씨는 미간을 찡긋했다. 나는 빙글거리며 화 씨의 잔에 소주를 따랐지만 어쩐지 심사가 꼬였다. 심하게 진지한 화 씨의 태도가 마음에 들지 않았다. 침묵이 시작되었다. 나는 멋쩍어서 자꾸만 술을 들이켰다. 술기운이 오르면서 화 씨가 갑자기 연락을 끊은 것을 추궁해볼까, 하는 생각도 했다. 갑자기 사고라니. 그래서 어쩌라고. 그러다가 다시 속으로 중얼거렸다. 지금에 와서 그게 무슨 소용인가. 이것 때문에 언성이 높아지면 그땐 또 어쩌고. 나는 곧 다 관두자고 마음먹었다. 모든 게 성가시고 애매했다. 나는 화 씨의 눈치를 살피며 최대한 진지하게 물었다.

무슨 사고였는데요?

나 아무래도 눈이 사라지고 있는 것 같아요.

눈?

네, 눈.

눈은 제자리에 잘 있는데요?

아니요. 머지않아 냄새, 소리, 촉감만으로 살아야 할지 몰라요. 세상이 평면처럼 납작해진 기분이에요.

도대체 그게 무슨 소리예요?

아니다. 사실, 눈이 사라지고 있다는 것은 정확한 표현이 아니에요.

그럼요?

나는 선배의 눈과 코와 입이 보여요. 그리고 동시에 지금 내 눈에는 보이지 않는 곳, 그러니까 선배 머리 위에 가마가 두 개나 있는 것도 보여요.

내가 화 씨의 말에 고개를 갸웃거리자 그녀가 말을 이었다.

마치, 〈마리 테레즈 발테르의 초상〉을 보는 것처럼요.

피카소?

네. 보는 게 아니라 느껴지는 거고, 느껴지는 게 한꺼번에 펼쳐지는 것 같다고요.

그러니까 보이는 것 이외의 것이 동시에 보인다.

맞아요. TV를 보고 있는데 TV 뒷면의 열 같은 게 느껴지면서 다른 감각이 열리는 기분이 돼요. 안경을 집으려는데 안경을 집는 제 뒤통수가 보이고. 시점의 확장 같은 거라면 이해가 쉬울까요?

아, 이건 보통 사고가 아니네.

그렇죠?

그렇네.

나는 입맛을 다시며 건성으로 고개를 끄덕였다. 잔을 비우며 아, 이 여자도 정상은 아니네, 여긴 도대체 제대로 사는 인간이 하나도 없네, 생각했다. 속이 좋지 않았다. 짜증이 밀려왔다. 화 씨가 비밀스러운 고백을 하듯 조용하게 속삭였다.

그런데요, 혹시 이 상태가 예술의 본질과 관련 있는 건 아닐까요?

뭐요?

나는 본질, 이라는 단어가 내 귓속으로 날카롭게 파고드는 것을 느꼈다. 마치 오랫동안 기다려온 소리처럼 크고 뚜렷하

게. 곧이어 원인도 모르고 앓던 병(病)의 정체에 어렴풋 다가
선 것 같은 기분이 되었다. 대체로 어둡고 깜깜하기만 했던
두려움의 형체를 손으로 더듬어보는 것 같았다. 나는 잠깐, 여
기가 어디고 왜 화 씨와 마주 앉아 이런 얘기를 나누는지 잊
어버렸다. 그리고 그다음 순간 내뱉은 말은 스스로도 놀랄 만
큼 낯설었다.

　지랄하고 있네.

　정말 지랄 맞은 얘기였다. 사실은 그렇다고 생각할 게 별로
없었는데도 그랬다. 화 씨는 원래부터 그랬고, 지금도 그런 얘
기를 하고 있으니까. 예술계, 라고 저들끼리의 값을 정한 세계
의 사람들은 죄다 이런 얘기를 떠드니까. 화 씨는 멈춘 화면처
럼 잠시 술잔을 응시했다. 눈을 깜빡이는 화 씨와 나 사이에 침
묵이 흘렀다. 잠시 뒤, 나는 상황을 수습하듯 다급하게 말했다.

　병원엔 가봤어요?

　아니요.

　병원엘 가봐요, 그럼.

　혹시, 같이 가줄 수 있어요?

　화 씨는 백지 같은 표정으로 말했다. 갑자기 얼음물을 뒤집
어쓴 듯 당황한 것은 나였다. 화 씨는 우물쭈물하는 나를 향해
같이는 좀 그런가? 하며 풋, 하고 작게 웃었다. 곧 술잔을 비웠
고, 가방을 챙겼다. 그렇게 화 씨는 천천히 일어섰다. 나는 장

례식장을 빠져나가는 화 씨를 물끄러미 지켜보다 몸을 일으켰다. 화 씨의 뒤를 쫓아 휘청휘청 장례식장을 빠져나왔다. 걸을 때마다 몸에서 무엇인가가 빠져나가는 것처럼 헛헛했다. 저 멀리 화 씨의 머리통이 점처럼 보였다. 화 씨는 진짜 눈이 사라진 사람처럼 걸었다. 기이한 선을 그리며 멀어져 갔다. 횡단보도를 건너는 화 씨가 선과 선 사이를 음표처럼 튀어 올랐다. 화 씨의 이름을 불렀으나 화 씨는 뒤돌아보지 않았다. 나는 오도카니 서서 건물 모서리로 사라지는 화 씨를 지켜봤다. 얼굴이 화끈거렸다. 오랜만에 느껴보는 이것은 분명 수치심이었다. 감히, 라고 생각했던 그것. 그 지랄 맞은 것에게 내뱉고 싶었던 말을, 나는, 누구에게 한 건가.

잠이 오지 않았다. 장례식장에서 화 씨의 이야기를 들었을 때는 그냥 아, 다들 정상이 아니구나, 했는데 화 씨와 헤어지고 오는 길에 나는 내내 화 씨의 이야기를 곱씹고 있었다. 눈? 눈이 사라져? 당연히 화 씨가 거짓말을 하고 있다고 생각했다. 설명할 수 없는 일이지만, 나는 화 씨를 본 순간부터 그렇게 생각했던 것 같다. 거짓말을 하는 사람. 그러니까 화 씨가 나를 속이고 있을 수도 있겠다. 나에게 밥과 술을 사주며 예술가 행세를 하는 것일지도 모르겠다, 하고. 느닷없이 화가 치밀었다. 나는 욕조에 물을 받았다. 따뜻한 물에 몸을 담그면 좀 나아질까 싶어서였다. 역시 소용없었다. 나는 속으로 계속 화 씨에게 따지고 있었다. 왜 하필 눈이냐? 보이는 것 말고 다른 게 보인다고? 웃기고 있네. 왜, 햄처럼 피가 문제라고 하지? 개나 소나 다 예술 하면 소는, 소는 누가 키워? 나는 나름대로 여러 각도에서 반박했지만 더럽고 찜찜한 기분은 마찬가지였다. 특히, 믿을 수 없을 만큼 진지한 화 씨의 얼굴을 떠올리니 등골이 서늘하기까지 했다.

따뜻한 우유를 마시고 누워도 쉽게 잠들 수 없었다. 베개를 다리 사이에 끼웠다가, 이불을 말아 등 뒤에 받쳤다가, 늘 자던 방향의 반대로 누웠다가 다시 제자리로 돌아왔다가. 몸을 뒤척일 때마다 덥다는, 춥다는, 혹은 두렵다는, 혹은 외롭다는 생각들이 머리를 스쳤다. 나는 고개를 돌려 가로등 빛이 번지는 창문을 올려다봤다. 나무 그림자가 바람에 규칙적으로 흔들리고 있었다. 빛에 어둠이 흔들릴 때마다 화 씨의 진지한 목소리가 생각났다. 나, 아무래도 눈이 사라지고 있는 것 같아요. 나, 아무래도 눈이…….

나는 참지 못하고 핸드폰을 꺼내 통화 버튼을 눌렀다. 어둠 속에서 화 씨의 이름이 반짝거렸다. 화 씨는 전화를 받지 않았다. 나는 문자메시지를 찍어 보냈다.

우리, 병원 같이 갑시다.

그 메시지를 보내고 나서야 비로소 눈을 감았다. 실은 처음부터 이러고 싶었는지 모른다. 알고 싶다. 햄의 그것을. 화 씨의 그것을. 돌이켜보니, 나는 그것이 알고 싶어서 지금까지 쭉 이러고 있는 건가, 하는 생각까지 했다.

화 씨를 다시 만난 것은 순전히, 원인도 모르는 채 앓는 그녀의 병이 궁금해서였다. 햄을 잃었으니 혹시 화 씨도, 하는 두려움도 한몫했다. 어색한 인사를 나누는 그 사이사이 화 씨는 자꾸만 자신의 눈두덩을 더듬거렸다. 그러면서 중얼거렸다. 마치 알사탕만 한 유리구슬이 눈알 대신 눈꺼풀 속에 있는 것 같다고. 황당한 일이지만 그것이라도 있어서 안심이 된다고. 나는 횡설수설하는 화 씨를 부축해 병원 진료실로 향했다.
의사는 화 씨의 말을 제대로 듣지 않고 잠을 잘 자는지, 스트레스를 많이 받는지를 물었다. 그러자 화 씨가 질문과 상관없는 대답들을 했다. 엇갈린 둘의 대화는 검사를 좀 더 해보자, 하는 것으로 결론지어졌다. 나와 화 씨는 나란히 진료실을 빠져나와 검사실로 향했다.
간호사가 화 씨의 눈꺼풀을 벌리고 산동제를 넣었다. 그리고 눈을 문질렀다. 눈두덩에 고여 있던 어둠이 몸 안쪽으로 천천히 퍼져나가는 느낌이라고 화 씨는 내게 말했다. 소독약 냄새와 미지근한 주사기와 간호사의 손이 보인다고.
눈을 감았는데도?

네.

그 말을 듣고도 간호사의 표정에는 변화가 없었다. 화 씨의 팔에 노란색 고무줄을 묶은 간호사가 탁탁 혈관을 두드리며 말했다.

환자분, 지금 플루오레세인 들어갔어요. 오줌 누실 때 형광색 소변이 나올 수 있습니다.

나는 눈을 감고 있는 화 씨를 대신해 간호사를 향해 고개를 끄덕였다. 화 씨가 흥분한 듯 몸을 떨며 말했다.

아! 이제 완벽하게 빛이 사라졌어요. 내 몸 안에 모든 구멍이 닫히는 느낌이에요. 대신에 그 속에 수십, 아니 수백 개의 눈이 돋아나고 있어요. 이상적인 예술 작품을 천 개의 눈을 가진 아르고스*라고 하지 않나요?

중계를 하듯 화 씨가 입을 열자 간호사가 은색 쟁반을 들고 검사실 밖으로 나갔다. 나는 화 씨 앞에 섰다. 그녀의 얼굴을 빤히 들여다봤다. 화 씨의 눈동자가 빠르게 움직이고 있었다. 뭐야, 눈이 사라졌다더니. 맥이 풀리듯 코웃음이 났다.

지금, 내 몸 속의 혈관들이 보여요. 혈관을 따라 노란 섬광이 반짝거리고. 세상에, 너무 아름다워요.

밑도 끝도 없이 기분이 좋아진 화 씨의 얼굴이 화사해졌다.

---

* 그리스신화에 등장하는, 온몸에 무수한 눈이 달린 거대한 괴물.

턱이 활기로 단단해졌다. 문득, 나는 말의 피를 수혈 받았던 햄의 얼굴을 떠올렸다. 화 씨가 술에 취한 사람처럼 중얼거렸다.

빛을 내는 유연한 동물이 된 기분이에요. 어둠 속을 하늘거리며 부드럽게 헤엄치고 있어요. 나, 가오리가 됐어요. 다른 가오리 한 마리가 내 머리 위를 매끄럽게 지나가요. 발아래 조개껍질이 물살을 따라 또르르 굴러다니고. 저기, 산호와 이름 모를 열대어도 보여요.

화 씨는 허공 어딘가를 향해 팔을 뻗어 휘적였다. 나는 더럭 겁이 났다. 화 씨도 햄처럼 공허한 움직임을 거듭하다 너덜더덜해져 사라지는 것은 아닌가. 나는 커다란 모니터와 화 씨의 얼굴을 번갈아 살폈다.

잠시 뒤 의사가 검사실 안으로 들어섰다. 딸깍, 하고 전등 스위치를 내리는 소리가 들렸다. 화 씨와 나는 나란히 어둠 속에 잠겼다. 모니터와 화 씨 사이에는 검사기가 있었다. 화 씨의 눈과 검사기 사이에는 볼록한 렌즈가 있었다. 나는 모니터를 응시했다. 의사가 렌즈를 확대하자 무수한 점을 연결한 혈관이 나뭇가지처럼 펼쳐졌다. 과연 화 씨의 말대로 그 선들은 발광(發光)하고 있었다. 이번에는 의사의 손이 반대 방향으로 향했다. 그러자 화 씨의 안구가 우주에 떠 있는 지구처럼 보였다. 밤의 지구. 발광하는 혈관이 지구 위의 길처럼 촘촘히 뻗어 있었다. 원근법이 사라져도 될 만큼 렌즈가 멀어지자 화씨가 고개를 좌우로 흔들었다. 그녀의 눈두덩 속에서 유리구슬 같은 눈알이 딸그락, 딸그락 소리를 낼 것 같았다. 간호사가 화 씨의 머리를 잡으며 말했다.

환자분, 움직이면 안 됩니다.

간호사가 심드렁한 표정으로 시계를 봤다. 혈관이 막혔는지 어쨌는지에 관해 의사는 끊임없이 말했다. 그의 말에 따르면 화 씨의 혈관은 모두 정상이었다. 신경도 정상이라서 거꾸로 맺힌 상(像)이 충실하게 뇌에 전달되고 있다고 했다. 그것은 놀랍게도 정상 범위의 착시도 허용하고 인식하고 있다고 말했다. 의사는 과도한 업무 스트레스로 인해 정상 범위의 착시가 조금 과다하게 전달될 때가 있다는 소견을 밝혔다. 나는 다소 놀란 표정으로 화 씨를 봤다. 놀라운 일이 아닐 수 없었다. 정상 범위의 착시라니. 화 씨의 눈에서 그렇게 세련된 일이 벌어지고 있다니! 나는 이것에 관해 화 씨에게 말하고 싶었다. 마치 고해성사를 하듯 은밀히 고백하고 싶었다. 나의 그것, 나의 그림에 대하여. 사소한 감상을 점으로 찍고, 엉터리 관념을 직선으로 남발했던 시간에 대하여. 오로지 눈으로만 휘갈겼던 무수하고 무지한 선들이 떠오르자 말할 수 없는 안타까움이 밀려왔다. 나는 어렴풋이 무엇인가를 깨달은 기분이 되었다. 그러나 여전히 그것을 말로 설명할 수는 없었다.

혼란스러움을 끝내기 위해 나는 화 씨처럼 눈을 감았다. 그러자 언젠가 화 씨가 들려줬던 극본 얘기 하나가 떠올랐다. 화가가 하나 있었어요, 하고 시작된 화 씨의 이야기는 이랬다.

화가가 있다.

화가이므로 그는 그림을 그린다. 그는 책과 커피 잔과 물컵에 몰두한다. 책과 커피 잔과 물컵을 그려야지, 생각하자 걷잡을 수 없이 그것이 그리고 싶다. 그릴 것이 그것밖에 없어서가 아니라 의미가 없는 것이 그것뿐이기 때문이다. 만약, 책과 커피 잔과 물컵에 어떤 의미가 있었다면 그는 그것을 그렇게 오랫동안 반복해서 그릴 수 없었을 것이다. 그는 식전, 식후로 인과관계 없이, 시멘트를 바르듯 캔버스에 물감을 덧바른다. 평면에 얄팍한 높이와 무게가 생긴다. 그러나 그것은 책과 커피 잔과 물컵을 그리는 것과는 거리가 멀다. 오히려 필사적으로 그것을 그리지 않으려는 것과 같다. 마치, 형태나 의미에 구속되어 있는 책과 커피 잔과 물컵을 거부하겠다는 듯이. 전에 알던 그것과 다른 생소한 아름다움을 찾고야 말겠다는 듯이. 때문에 화가는 무엇도 쉽게 그릴 수 없다. 그리질 못하니 쉽게 잠들지 못한다. 그림 1보다는 2가, 2보다는 3이 괜찮기를 기대한다. 하지만 무엇이? 무엇이 어떻게 괜찮아진단 말인가, 를 따지다 그는 전보다 더 깊이 낭패한다. 그게 화가를 괴롭힌다. 화가는 초 단위로 늙어간다. 도대체 뭐가 잘못된 건가. 화가가 중얼거린다. 아, 아무래도 안 되겠어. 차라리 눈이 사라져버리면. 아무것도 보지 않으면. 화가는 생각한다. 오후엔 내 눈을 없앨 것이다, 하고.

그 이야기를 다 들은 뒤, 나는 화 씨에게 물었다.

이거, 누구 얘기예요?

화 씨는 옆에 누워 있던 내 얼굴을 물끄러미 보다가 이렇게 말했다.

병신 같죠?

내가 좀 놀라서 누구, 내가요? 하고 묻자 화 씨는 시무룩한 표정으로 말을 이었다.

내가 쓴 이야기들은 미래엔 어떻게 될까요? 이런 것을 이렇게 남겨놓아도 될까요? 썩지도 않고 남아서 영영 이렇게 방치된다는 게 너무너무 무섭지 않아요?

나는 화 씨를 향해 희미하게 웃었다. 무슨 소리인지 도무지 알 수 없었다.

검사를 마친 화 씨는 이제 진짜 눈이 보이지 않는 사람 같았다. 병원에 올 때만 해도 혼자서 벽을 짚고 걸었는데, 지금은 아무것도 하지 못했다. 나는 화 씨의 손을 잡고 걸었다. 택시에 태우고 화 씨의 집 근처에 내려서도 손을 놓지 않았다.

골목을 지나 언덕을 올랐고 언덕에 있는 벤치에서 잠시 쉬었다. 내가 화 씨에게 물었다.

우리 여행 가기로 한 거 기억나요?

기억나요. 매번 계획만 세웠잖아요.

우리 여행 갑시다.

우리가 여행을 갈 수 있을까요? 눈도 사라진 이 마당에.

화 씨와 연인이던 시절에 나는 그녀의 얼굴만 보면 어디론가 떠날 계획을 세웠다. 여행지는 계절마다 달랐다. 아직 알싸한 추위가 남아 있던 봄에는 고비사막으로 낙타를 타러 가자고 했다. 화 씨가 지독한 여름 감기에 걸려 함께 병원을 다녀오던 길에는 뜬금없이 여름 수국을 보러 제주에 가자고도 했다. 그 뒤로 여행지는 몇 번 더 바뀌었다. 여행은 늘 어떤 이유로 미뤄졌다. 그러던 어느 날이었다. 화 씨가 지도를 한 장 들고 왔다. 가을이었고 유난히 바람이 불던 날이었다. 카페에서 만난 화 씨는 다도를 하듯 단정한 자세로 앉아 테이블 위에 지도를 펼쳤다. 그러고는 자, 지도에서 아무 데나 찍어봐요, 했다. 화 씨는 손으로 나의 눈을 가렸다. 화 씨의 차가운 손이 눈두덩에 닿았다. 나는 잠시 어리둥절하게 앉아 있다가 손가락을 뻗어 지도를 더듬거렸다. 손끝에 종이 지도의 얇은 두께가 만져졌다. 나는 검지와 중지를 펴서 사람의 다리처럼 만들었다. 그리고 지도 위를 걷는 시늉을 했다. 하나, 둘, 셋, 넷. 다시 하나, 둘, 셋, 넷. 어디쯤에 멈춰 서야 할까. 화 씨가 천천히 가렸던 눈을 열어주었다. 손끝이 육지를 벗어나 바다 한가운데 어디쯤에 멈춰 있었다. 화 씨의 얼굴이 완고해졌다. 이번에는 꼭 가요, 어디든.

그때 화 씨의 말대로, 어디든 꼭 가야 할 것 같았다. 무엇보다 생각을 정리하고 싶었다. 나는 폐원된 동물원을 떠올렸다. 거기 텅 빈 우리들을 보여줘야지. 나는 화 씨에게 물었다.

우리 동물원에 가볼래요?

너무 지겹지 않을까요?

텅 빈 동물원인데도?

그건 좋겠네.

사자나 호랑이 같은 건 없어요.

없어요?

네. 다 철장 밖으로 나갔어.

다시, 돌아오나요?

아니요. 그럴 것 같지 않아요.

어딘가에서 희미하게 라디오 소리가 들려왔다. 화 씨가 나의 어깨에 머리를 얹었다. 나의 어깨는 직각에 가까웠지만 화 씨의 머리칼은 맑고, 고요하고, 침착하게 내려앉았다. 화 씨는 눈을 비비며 감은 눈에 맺혀 있는 것들에 대해 말했다. 내가 쓰고 싶은 이야기가 있는데요, 하며 조곤조곤 얘기를 시작했다. 말하고 말해도 의미를 알 수 없었지만 나는 아무것도 질문하지 않았다. 그저 몇 번씩 고개를 끄덕였다.

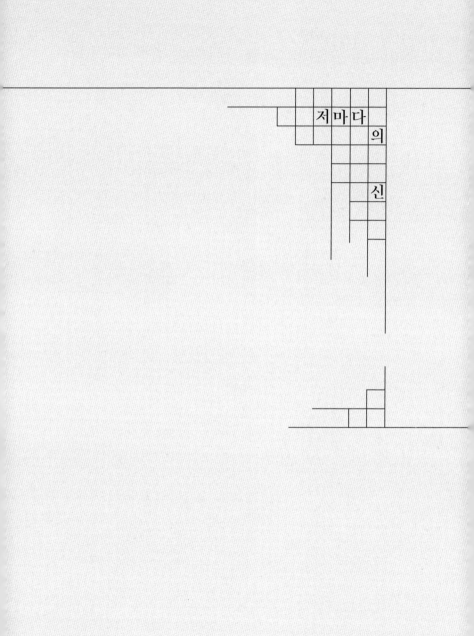

저마다
의

신

브로콜리의 한 가닥이 나라면
너는 하나의 큰 브로콜리야.

*

딱 한 번. 뒤를 돌아본 적이 있어. 지구로부터 멀어지게 설계된 무인탐사선 보이저1호가 지구를 향해 카메라를 돌렸던 때. 보이저1호와 지구 사이의 거리는 61억 킬로미터. 설날 오전, 너는 다큐멘터리로 그걸 보고 있었지. 늦잠에서 막 깨어난 상태였어. 다큐멘터리를 볼 생각이 없었지만 처음부터 끝까지 채널을 돌려도 너의 흥미를 끌 만한 프로그램이 없었어. 그러다 문득 보게 된 거야. 온통 검은 화면에 희미하게 찍힌 점 하나를. 창백하고 푸른 점, 이라고 말하는 성우의 내레이션을 듣고 너는 곧 네가 일하는 백화점 식품 코너에서 본 청포도 알을 떠올렸지. 한겨울의 청포도. 아, 되게 비싸겠다, 했던. 잠시 뒤 너는 일어나서 주방에 놓아둔 쇼핑백을 뒤적였어. 시식용으로 잘라놓은 브로콜리 몇 가닥을, 버리기가 아까워 봉지에 싸 온 그것을 소고기와 함께 볶기 시작했지. 그래도 지구의 설날 아침이 이 정도는 되어야지, 하면서 말이야.

너는 고양이를 좋아해. 네가 이른 아침에 잠이 덜 깬 상태로 하는 일은 지난밤 동안 업데이트 된 고양이 동영상을 보는 일이잖아. 그게 널 웃게 하지만 대부분은 안타깝게 만들지. 너는 고양이를 원하니까. 캣타워는 침대 옆에 두고 싶고, 캣닢은 창 앞에 두고 싶고. 그러려면, 그러려면, 하면서 말이야. 하지만 너는 고양이를 기를 수 있는 형편이 아니야. 페르시안이니, 샴이니 하는 고양이들은 값이 비싸지. 게다가 이제는 쥐를 먹는 고양이도 없잖아. 나는 네가 매번 그런 것으로 실망하는 것을 알아. 하지만 나는 말이야 네가 실망하도록 너를 내버려 둘 수 없어. 널 쾌활해지도록 부추기는 거, 그건 내 일이니까. 자, 어른스럽게 행동해. 책임감을 가지고 할 일을 하자, 하는 식으로. 그러면 너는 천천히 몸을 일으키고 안경을 끼지. 짙은 암막 커튼을 착, 하고 걷어내. 빛은 방 어디에도 충분히 닿지 못하지만 그런 것쯤 괜찮아. 너도 괜찮다고 생각하면서 옷을 꿰어 입고, 식빵 하나를 입에 물고 집을 나서잖아. 그래, 좋아. 괜찮다는 말만큼 편리하고도 유리한 마무리는 없지.

이지영 씨, 주말 행사 때 좀 나와줄 수 있어요?

너는 이주영인데. 파트 매니저는 너를 자꾸만 이지영으로 불러. 주말에 펑크 난 아르바이트 대타를 부탁하면서도 말이야. 서른 살의 그 남자는 엄마가 다려주었을 것 같은 하얀 와이셔츠와 엉덩이가 맨질맨질한 바지를 입고 있지. 아침 조회 시간에는 늘 분주해서 얼굴을 자주 붉히고. 그는 너의 이름을 매번 틀리게 부르지만 너는 알고 있잖아. 그가 널 좋아하지도 싫어하지도 않는다는걸. 너는 언젠가 함께 일하는 여사님들에게 이런 말을 한 적이 있어. 그가 너와는 완전히 다른 종류의 사람인 것 같다고. 하지만 실은 아니지? 근본적으로 비슷한 걸 가졌다고 느꼈잖아. 언젠가 찾아본 그의 SNS 사진들이 그랬지. 명품 신발과 가방을 언박싱 하는 사진 밑에 붙은 장황한 설명들. 어떤 브랜드의 역사를 두고 누군가와 댓글로 설전을 벌인 적도 있어. 그는 어젯밤에도 한정판 신발을 얻기 위해 밤새 명품 매장 앞에서 줄을 섰다는 피드를 올렸지. 너는 명품에 너무 진지한 그가 조금 이상하다는 생각을 했잖아. 사진들을 찬찬히 살피며 파트 매니저를 떠올렸어. 하지만 아무리 생각해봐도 그가 그런 신발을, 가방을, 옷을 입은 것을 본 적이 없다는 걸 알았지. 그렇지만 어쩐지 너는 그런 그를 이해할 수 있을 것 같았어. 그래, 경건함. 언젠가 찾아본 그 단어의 뜻이 떠올랐지.

맞아. 그러고 보면 너는 어떤 소리를 잘 듣는 사람이라고 할 수도 있겠어. 시식 음식을 컵에 담아 건넬 때 미세하게 일그러지는 미간이나, 고객님 하고 부를 때 사람들의 눈빛이 내는 소리 같은 거. 그런 건 밖으로는 들리지 않는 소리인데 너는 그것을 몸으로 느끼는 식이잖아. 그건 너의 얼굴을 간지럽게 하지. 숨 쉬는 걸 불편하게 만들기도 하고. 알레르기 같은 거 말이야. 환대나 멸시, 다행과 불행을 감각하는 기관이 예민하다고. 너에게 심한 알레르기가 있는 것도 사실이잖아. 땅콩 알레르기. 몸에 해롭다고 생각하는 것을 제거하기 위해 스스로 과도한 반응을 하는 자가면역. 기도를 부풀리고 숨을 틀어막는 거. 두드러기를 일으키고 피가 날 때까지 긁게 하는 거. 그건 어떤 신호일지도 모른다고, 네가 좋아하는 여진 언니도 얘기한 적이 있잖아.

여진 언니도 고양이를 좋아해, 너처럼. 여진 언니를 자매님이 아니라 언니, 하고 부르게 된 건 올해 초부터였지, 아마? 너를 자매님, 하고 부르던 여진 언니가 먼저 네 이름을 불렀어. 고양이의 이름을 부르듯 주영아, 하고. 네가 여진 언니를 처음 만난 건 작년 여름이었지. 회식이 있어서 술을 몇 잔 마신 날이었고. 바캉스 세일 때문에 낮에는 백화점이 북적였지만 식품 매장의 채소는 잘 팔리지 않았어. 팀장에게 다들 한 소리를 들었고. 막걸리냐 소주냐를 두고 여사님들 사이에 말이 오갔어. 결국 갑작스럽게 회식을 하게 되었지. 제일 마지막에 남은 너와 여사님 둘, 파트 매니저까지 넷이 백화점 근처 호프집엘 갔잖아. 목소리가 큰 여사님들의 얘기를 듣고 있자니, 옆 테이블의 몇몇이 너를 향해 눈을 흘겼지. 그날 부쩍 네가 썬 여사님, 하고 부르는 여사님의 목소리가 너무 컸거든. 그 여사님은 새벽마다 아들 사진에 기도를 하고 출근하는 사람이라며. 팍팍한 삶에서 그녀를 구원할 단 한 명의 존재를 아들이라고 믿는 사람. 모든 대화의 끝이 아들로 마무리되는 여사님이 마치 전도하듯이, 너희도 믿어보라는 듯이 아들 자랑을 하고 있었어. 네가 좀 불편하다는 생각을 하고 있는데, 마침 미스 여사가 썬 여사의 말을 끊었어. 아직 미혼이라서 미스 여사라고 불리는 사람 말이야. 그녀가 매니큐어로 잘 정리된 자신의 손을 펴 보이며 이렇게 말했지. 고생으로 물러터진 언니 손을 좀 보라고. 그걸 보고도 가만히 있는 아들, 그 아들이 나중에 무슨 효도를 할까, 불쌍하다, 했어. 부질없는 짓 그만두고 언제 네일 케어나 받으러 가자고.

불쌍해?

응.

불쌍하다고?

그렇다니까.

자식이 없는 쪽이 할 얘기는 아니지.

언니 보면 자식 없는 게 다행이지 싶어.

뭐?

그렇잖아. 취직이 새벽마다 사진 보고 빈다고 되는 일이유? 당사자는 팽팽 놀고 있는데.

한참을 옥신각신. 썬 여사의 목소리가 더 커질 수밖에. 그런데 의외였어. 그 소란을 잠재운 게 오히려 파트 매니저라니.

어차피.

조용히 술을 홀짝이던 파트 매니저는 어느새 취해 있었어. 계속 어차피, 어차피, 하고 소리치는 거야. 어차피 돈 때문이라고. 효도도 결국 돈이 하는 거라고. 다들 돈 있는 만큼만 살아 있는 거 아니냐고. 자신은 카드 할부와 식비를 제한 만큼만 움직이고 숨도 그만큼만 쉰다고. 속까지 채우는 건 너무 비싸니까. 그냥 흉내만 낸다고. 어차피 다 그런 거 아니냐고. 어차피, 어차피 하면서 어차피, 어차피 했어. 너는 좀 피곤해졌지. 맞아. 그는 어차피 행복해지지 않을 거니까. 그가 주변

동료들에게 자주 돈을 빌린다는 걸, 그렇게 폼을 유지하면서 앓는 소리를 한다는 걸 너는 알고 있거든. 너는 몸이 좋지 않다는 핑계를 대고 회식 자리를 빠져나왔어. 그런 종류의 얘기라면 너의 것만으로도 충분하니까. 너는 곧장 지하철을 타고 집으로 향했어. 좀 걸었지. 마트를 지나 골목 귀퉁이를 도는데 너의 눈이 갑자기 커졌어. 새끼 고양이들을 발견한 거야. 어미는 없었고 앙상하게 마른 새끼들이 작은 상자 안에 모여 있었어. 누군가 놓아준 우유를 홀짝이며. 너는 길에 쪼그리고 앉아서 고양이들을 봤어. 그때였잖아. 자매님, 하고 부르는 소리를 들은 건.

자매님, 자매님도 고양이를 좋아하시나 봐요?

네? 아, 네.

얘네 어미가 없어요. 어디서 죽었나 봐. 그래서 우유를 좀 가져왔죠.

너무 불쌍해요.

그렇죠?

혹시, 기르시는 거예요?

아니요. 그냥 길고양이들 밥 주는 거예요.

아, 그렇구나.

제가 얘네 이름도 지어줬어요.

정말요?

네. 얘는 눈송이, 쟤는 고사리, 또 얘는 번개.

듣고 보니 정말 그렇게 생겼네요. 털이 뾰족뾰족하게 생긴 게. 무슨 뜻이 있어요?

그럼요. 창조의 원리를 담은 이름이랄까요?

네?

눈송이도, 고사리도, 번개도 작은 부분의 모양이 전체 모양과 똑같거든요. 그게 반복돼서 큰 모양을 이루고. 얘들이 알고 보면 다 하나의 우주라고요.

어렵지만 뭔가 의미가 좋네요.

그런데 그 심오한 이름을 불러줘도 소용이 없어요.

왜요?

불러도 안 와.

너는 너도 모르게 웃음을 터뜨렸어. 뭔가 이 사람이 귀엽다는, 고양이 같다는 생각을 했지. 그리고 말했어. 그 말은 거의 충동에 가까웠고.

이 고양이들 제가 데려가도 될까요?

기억하지? 여진 언니의 대답. 사실 길고양이를 데려간다고 허락받는 것도 이상하지만 언니의 대답이 더 의외였잖아. 그건 순리를 거스르는 것 같아요, 했던. 그러면서 고양이들이 담긴 상자를 자기 쪽으로 슬쩍 끌어당겼어. 너는 어떻게 반응해야 할지 몰라서 몇 분을 그대로 앉아 있었어. 어색하게 인사하고 집으로 들어가면서 너는 여진 언니의 말을 자꾸만 중 얼거렸지.

거스르다, 거스르다.

어쩌면 너는 여진 언니의 그런 대답을 신뢰했던 건지도 몰라. 그렇게 말하며 동그랗고 순한 얼굴을 가로젓던 그 모습을.

삶은 돈이 들어. 생존은 그보단 좀 덜 들고. 존재하는 것? 실은 그게 가장 비싸지. 알아. 실은 너도 그게 하고 싶었던 거 잖아. 고양이의 이름을 부르고, 그들을 먹이고, 그것을 전시 하는 것. 좋아요, 하는 지지를 받고 싶은 마음. 그걸 제일 먼저 눈치챈 사람이 여진 언니잖아. 언니가 고양이 상자를 들고 너 를 찾아왔지. 그러고는 대뜸 자기도 언젠가 고양이를 기를 거 라고 했어. 고양이는 다 복잡하고 다르게 생겼지만 단 하나의 재료로 만든 느낌이라고. 그게 너무 아름답다고. 너는 금방 알 아차렸지. 그건 고양이를 오래 만져본 사람만이 할 수 있는 얘기라는 걸. 너도 그런 생각을 한 적이 있거든. 고양이들의 발바닥을 조물거리는 상상을 하며 고양이의 재료는 분홍 젤 리가 아닐까, 하고. 여진 언니가 작은 유통회사에 다닌다고 했 던 거 기억해? 네가 백화점에서 일한다고 말하자 마침 그 백 화점이 거래처라는 얘기도 했고. 알고 보니 너와 겹치는 동선 이 무척이나 많은 거야. 네가 일하는 백화점은 물론이고 서점과 마트, 혼밥하기 좋은 백반집과 아주 가끔 들르는 맥줏집까지. 이상하다 싶을 정도의 우연을 두고 너는 이렇게 말했어. 사람 사귀는 게 어렵다고 생각했는데, 그간 언니 같은 사람을 못 만나서 그랬던 것 같다고. 여진 언니는 그렇게 말하는 너를 잠시 바라봤어. 그리고 느릿느릿 대답했지.

나도 그래요. 감각이 특별히 섬세한 사람들이 있지요. 영이 맑은 사람들이 그래. 그러니 안심해요.

뭘 안심하라는 건지 알 수 없었지만 기분이 나쁘진 않았어. 네가 특별하다는 얘기처럼 들렸으니까. 그다음 날부터였어. 여진 언니가 고양이의 안부를 물으며 꼬박꼬박 연락을 해온 건. 네가 SNS 계정을 만들고 처음 고양이 사진을 올렸을 때도 언니가 제일 먼저 좋아요, 하는 반응을 보여줬지. 모르는 사람들의 좋아요와 댓글을 보면서 너는 자주 어린아이처럼 무구하게 웃었어.

언니는 냉장고에 식빵이 얼마나 남았는지를 물었지. 파 한 단을 나눠 문 앞에 두고 가기도 했고. 뭔가를 챙기고, 나누고, 먹이는 일에 언니는 희열을 느끼는 사람 같았어. 저렇게 착한 사람이 있을 수 있나. 너는 자주 불편한 감정에 사로잡혔어. 왜냐하면, 의문을 가지면서도 언니가 주는 것들을 기꺼이 받았으니까. 타인의 친절과 배려에 멀리 떨어져 있는 것 같았는데 여진 언니가 너를 자꾸만 곁으로 끌어당기는 것 같았지. 세상 어딘가에는 그런 호의로 가득 찬 사람이 있을지도 모른다고, 너는 믿고 싶어졌어. 언니와 동물보호소의 축사를 청소하고 아이들과 놀아주는 봉사를 하면서 너는 모르는 척 깊이 숨겨둔 이런 마음과 자꾸 마주쳤지. 하지만 언니의 호의가 매번 좋기만 했던 건 아니었어. 의견이 급격하게 갈리는 지점들도 있었잖아. 특히 네가 친구나 친척, 누군가와 연락하는 것에 대해 여진 언니는 자주 잔소리를 했어. 뭔가 거북해하는 느낌? 어째서 그렇지? 확실하진 않지만 너는 언니가 소유욕이 강한 성향인가? 하는 쪽으로 이해했지. 먼저 사과를 하는 쪽은 늘 여진 언니였기 때문에 이런 것은 문제가 되지 않았어. 맞아. 이런 것쯤은. 하지만 분명히 이 모든 것을 압도하는 더 강력한 공유가 둘 사이에는 있었잖아.

여진 언니의 생일이었어. 언니가 너를 초대했지. 소개시켜주고 싶은 사람들이 있다고도 했고. 너는 빨간 가죽 지갑을 선물로 주고 싶었어. 워낙 인기 상품이라 여러 날을 기다렸고 생일에 맞춰 도착하지 않을까 봐 조바심을 냈잖아. 너는 케이크와 선물을 들고 여진 언니가 예약한 레스토랑엘 갔어. 여진 언니가 말한 사람들이 먼저 와 있었지. 남자와 여자. 투자회사에 다닌다는 남자는 단정한 폴로셔츠를 입고 있었어. 꽃무

늬 원피스 차림의 여자는 학원에서 아이들을 가르친다고 했
고. 인상은 뭐라 딱 좋다고 말할 수는 없었지만 둘 다 너에게
친절했지. 하지만 그날 그 사람들이 어딘지 좀 다르다는 것을
너는 곧 알아차렸어. 현실과는 전혀 상관없다고 여겨지는 말
들을 너는 한참 동안 들어야 했으니까. 우주와 창조의 원리,
구원과 메시아. 그런 얘기를 흘려들으며 너는 어서 여진 언니
가 오기만을 기다렸어. 그러다 훅, 주먹을 날리듯 남자가 네
게 물었지.

주영 씨, 본인의 본질이 뭐라고 생각하세요?

너는 금방 답을 할 수 없었어. 그런 걸 생각하는 사람이 있
나? 어, 어, 하고 있는데 이번에는 여자가 뺨을 꼬집듯 질문
했어.

주영 씨가 가진 파동에 대해 전혀 들어본 적이 없어요?

너는 눈을 껌뻑거렸지. 아니요. 전혀 몰라요. 별로 알고 싶지
도 않고, 하는 뜻으로. 그리고 진심으로 이 어색한 대화에서 빠
져나가고 싶었어. 하지만 남자와 여자는 집요하게 묻고 답하
기를 반복했지. 멀리서 보면 그건 그냥 둘 사이의 대화처럼 보
였을지도 몰라.

결론부터 말하자면 영혼의 본질은 파동이에요.

아, 그렇구나.

주영 씨가 여진 씨를 만났잖아요. 그게 파동과 연관이 있고

요. 파동은 사람을 이루는 가장 기본적인 것이고 죽은 뒤에도 사라지지 않고 남아서 재생될 수 있는 아주 강력한 요소예요. 그리고 그걸 느끼면서 모른다고 말하는 건 흐름을 거스르는 거고.

거스르다, 라는 단어를 잘 기억하고 있었다면 너는 금방 알아차렸을 텐데. 대신 너는 다른 게 묻고 싶어졌지. 그런데요, 왜요? 왜 그 얘길 저한테 하시는 거예요? 하는. 그렇게 따지려던 차에 여진 언니가 레스토랑에 다급하게 들어섰어. 차가 너무 막혔다는 여진 언니의 투덜거림에 남자와 여자는 묘한 표정을 지었어. 마치 막 재미난 수수께끼를 시작한 사람들처럼.

맞아. 수수께끼는 파스타와 샐러드, 피자와 케이크였지. 네가 먹은 건 이게 전부였어. 식사하는 내내 너는 목이 간질거리는 것을 느꼈지. 땅콩 같은 걸 먹은 기억은 없었는데. 그러다가 어느 순간부터 숨쉬기가 힘들어졌어. 얼굴이 따끔거리고 턱과 입 주변이 벌겋게 달아오르기 시작했지. 식은땀이 흐르는가 싶더니 어느 순간 까무룩, 너는 정신을 잃었어. 귓가에서 말소리들이 점점 멀어졌지. 얼마나 시간이 흘렀을까. 너는 다시 눈을 떴어. 응급실이었어. 그 남자와 여자 그리고 여진 언니가 널 내려다보고 있었지.

여진 언니의 얼굴이 보였어. 걱정스러운 표정의 여자와 남자도. 너는 조각난 기억을 맞추려고 애쓰고 있었고. 아직 떨어지지 않은 열이 너의 이마를 떠돌았지. 땅콩 알레르기가 있어요, 하고 말했던 거. 종업원이 땅콩이 들어가는 메뉴는 없어요, 하고 대답했던 거. 피자, 파스타가 나와서 접시에 조금씩 덜어 먹었던 거. 그때 여자가 와인 잔을 쓰러뜨렸잖아. 우왕좌왕 종업원이 왔다 가고 여자가 냅킨을 들고 테이블을 수습했어. 맞아, 와인 얼룩. 그게 블라우스에 조그맣게 튀어 있었지. 너는 울상이 되어 화장실로 뛰어갔고. 그렇지만 그사이 어디? 어디에서 땅콩이? 하지만 너는 거기서 생각을 멈췄어. 사건의 진위를 더 따지는 건 해로울 것 같다는 느낌 때문이야. 진실이 선명하게 드러나버리는 것, 어쩌면 그게 제일 무서운 일인지도 몰라. 지금은 괜찮으니까, 그러니까 그냥 우연한 사고라고 너는 믿기로 했어. 쓸데없는 의심으로 지금 네 곁에 있는 사람들을 잃고 싶지 않으니까. 너는 남자와 여자, 여진 언니에게 뭔가를 묻고 따지는 대신 그저 느리게 약이 떨어지는 링거를 올려다봤어. 여진 언니가 너의 머리를 짚으며 말했지. 나는 믿고 있어, 하고. 이 경험이 결코 너의 삶을 해치진 않을 거라고. 오히려 너의 삶을 구원하게 될 거라고. 그렇게 말하는 여진 언니는 모든 상황을 각오한 사람처럼 차분한 눈으로 너를 봤지. 그 순간만큼은 정말이지 아무 말도 할 수 없었어. 여진 언니가 천천히 눈을 감았다 뜨며 이렇게 속삭였거든.

다 알아. 그동안 네 마음이 얼마나 슬펐을지.

말. 그 말이 너를 흔들었어. 네 몸속에서 파스타와 피자와 여자와 땅콩, 고양이와 백화점, 어제와 오늘이 마구마구 섞였지. 섞이면 안 되는 것들이 섞여서 너는 아주 혼란스러웠어. 여진 언니는 가만히 눈물을 흘리는 너를 지켜봤지. 잠시 뒤 언니 뒤에 병풍처럼 서 있던 남자의 목소리가 들려왔어.

오늘 일을 우연으로 생각하지 말아요. 우리는 주영 씨를 구하기 위해 필연적으로 그 자리에 있었던 거예요.

그 뒤부터였지, 아마? 여진 언니는 너보다 더 빨리 너에 대한 것들을 알아차렸지. 너의 동선과 기분, 몸의 상태나 마음 같은 것들을 말이야.

몸이라는 장소. 인간의 몸처럼 시의적절하게 공유되는 장소도 드물지 않을까? 네가 여진 언니와 많은 것을 공유하듯 말이야. 너의 몸은 세포들의 공유지이면서 DNA의 기록이 담긴 기억의 공유지야. 설날에 봤던 다큐멘터리를 기억해? 1000억 개의 은하, 그 은하마다 1000억 개의 별. 맞아. 너는 나에게 순환과 복제를 거듭해 열린 세계야. 나는 네 몸속 100조 개의 세포 중 하나지만 꽤 중요해. 네 몸에 독성을 가진 병원균이 들어오면 나는 목숨을 걸고 싸우거든. 혈중 콜레스테롤을 죽이는 것, 발암물질을 분해하는 것, 나쁜 것으로부터 네 몸을 지키는 것. 내가 옳다고 믿는 것은 오직 그뿐이야. 유한하면서도 무한하게 우리는 서로 연결되어 있어. 그러니까 내 말은 너라는 장소에는 너만 있는 게 아니라고. 너의 몸을 공유한 새로운 존재들이 있지. 고양이가 네게 생겨난 것처럼. 하지만 조심해. 공유지에서는 주로 비극이 벌어지니까. 앞으로는 밖보다 안이 더 위험해질 거야.

여진 언니는 믿느냐고 물었어. 세상에 우연하게 일어나는 일은 없다는 것을. 고양이를 기르게 된 것을 포함해서 모임에 나가게 된 것과 선교활동에 참여하게 된 것을. 너는 고개를 끄덕였지. 하지만 의심이 사라진 것은 아니었잖아. 정말 우연이 아닌 것 속에 이렇게 많은 것들이 있다고? 그러니까 필연이. 그렇지만 너는 다시 고개를 끄덕였어. 네게 땅콩 알레르기가 일어났듯이 곧 사람들에게도 그런 시련이 닥쳐올 거라고 여진 언니가 말했거든. 언니는 그런 너를 보며 환하게 웃었어. 단단해져가는 너의 믿음이 자기는 더없이 기쁘대. 그러면서 이제는 할 일을 하라고 했어. 거리에 나가 사람들에게 말을 걸라고, 그들에게 네가 겪은 기적을 들려주라고.

너는 믿음에 한껏 심취해 있는 언니 옆에 서서 자주 딴생각에 빠졌어. 번개가 자꾸만 노란색 똥을 싸는 이유라든가, 고사리 등 쪽에 퍼진 피부염이라든가. 너에게 시련이라면 그게 진정한 시련이니까. 하지만 참 이상한 일이지? 고양이에게 약을 먹이고 상태를 살피느라 잠을 설친 날의 너는 자꾸만 여진 언니의 말이 떠올랐어. 단단해진 모습이 더없이 기쁘다는 말. 그 말을 떠올리면 너는 온전히 네 힘으로 시련을 이긴 것 같아서 뿌듯한 기분이었잖아. 다시 사료를 잘 먹는 고양이를, 말끔한 피부로 돌아온 고양이를 사진으로 남겨 SNS에 올렸지. 사람들의 좋아요, 를 받으면 너는 더 단단해지는 기분이었어. 그즈음이야. 마스크를 낀 얼굴들이 SNS에 보이기 시작한 건. 거리에서는 멀찌감치 떨어져 걷던 사람들이 댓글로 안부를 묻고 서로를 걱정했어. 고양이 사진 밑에서 너는 사람들을 오랜 친구처럼 느꼈지.

이제, 모두가 마스크를 쓰기 시작했어. 그 바이러스 말이야. 벌써 많은 사람들이 죽었다지? 완치는 고사하고 앓고 나면 후유증도 심각하다며. 백화점에서 일하는 너는 한시도 마스크를 벗을 수 없었지. 만가닥버섯을 볶다가, 가격 스티커를 붙이다가, 살균 스프레이를 뿌리다가. 너는 기도문을 외듯 그냥 괜찮을 거란 생각만 했지. 괜찮은 게 뭔데? 그건 어떤 상태를 말하는 건데? 너는 새벽까지 눈이 빨개지도록 인터넷을 뒤지며 돌아다녔잖아. 그리고 마침내 고양이의 코로나 감염 사례가 없다는 것을 알고 겨우 안심했잖아. 너에게 걱정은 오직 고양이들뿐이었어. 그러니까, 그러니까, 하고 너는 자꾸만 핑계를 찾았지. 너는 주말에 쉴 수 없는 직업인데 예배에 가야 한다고 파트 매니저에게 거짓말을 했어. 주말에는 사람이 더 많으니까. 되도록 피하고 싶었으니까. 혹시 고양이들에게, 하는 조바심으로 말이야. 썬 여사는 주말에 쉬려면 주중에 반차를 쓰지 말라고 했어. 미스 여사는 틈틈이 자신이 해야 하는 재고 정리를 부탁했고. 너는 반차를 쓰지 않고, 재고 정리를 혼자 하면서 주말에는 고양이들과 집에 꽁꽁 숨어 있었지. 예배에 참석하지 않는다고 여긴 언니는 너를 닦달했어. 미루고 미루다가 언니 손에 끌려 예배에 참석할 때도 있었고. 고양이들을 챙기는 일에 시간을 좀 덜 쓰게 됐지만 참았어. 설교를 들으며 고양이를 향한 너의 마음이 얼마나 소중한지 생각했지. 너는 그럴 때 아멘! 하고 외쳤어. 어깨를 엇갈려서 다닥다닥 붙어 앉아 있는 것도, 목사의 설교도 고양이를 생각하며 참았어. 하지만 여진 언니와의 사이가 예전과 같진 않았지. 언니는 자주 너를 나무랐어. 네가 아직도 유약한 믿음을 가졌다고 비난했고, 아주 서늘한 눈빛으로 충고했지. 믿음엔 증명이 필요하다고. 너는 더럭 겁이 났어. 여진 언니와 멀어지는 건 싫었으니까. 때문에 너는 네가 아는 사람들을 떠올리기 시작했어. 언니가 원하는 걸 해주자, 하고. 거의 반사적으로 파트 매니저가 생각났어.

파트 매니저는 사진 찍는 걸 좋아한다고 했어. 사진작가가 꿈이었지만 그런 건 돈이 되지 않아서 계속할 수 없었다고 했지. 처음에는 포기가 힘들었는데, 지금은 괜찮아졌다고. 돈을 빌릴 수 있을까, 하고 그가 널 찾았을 때 너는 망설임 없이 그를 따라 나섰지. 그가 고백하듯 자신의 얘기를 들려줄 때는 좀 의아했어. 마스크 밖으로 나온 그의 눈을 보고 있자니, 그가 술에 취해 어차피, 어차피, 하던 것이 생각났어. 조용히 고개를 끄덕인 네가 돈의 액수를 묻자, 그는 대뜸 예전부터 너를 자기 사람이라고 생각해왔다고 했지. 너는 기뻤어. 다행한 마음이었고. 너는 물었지. 왜 제가 매니저님 사람 같아요? 하고. 그는 부드럽게 눈꼬리를 내리며 속삭였어.

이지영 씨는 늘 남을 배려하잖아요. 제가 좋아하는 사람들이 다 그런 스타일이거든요.

제가요?

그럼요.

너는 계좌번호가 적힌 종이를 받아 들고 그가 사준 바닐라 셰이크를 홀짝였지. 그리고 확신했어. 지금이 기회라고. 동시에 여진 언니가 일러준 '전도를 위한 준비 단계'의 내용을 되짚었어.

상대가 힘들어하는 것을 적극적으로 위로할 것.

넌 보여주고 싶었지. 특히 여진 언니에게. 너는 밀크셰이크를 내려놓으며 파트 매니저에게 물었어.

매니저님, 혹시 그 돈 어디에 쓸 건지 물어봐도 돼요?

좀 부끄러운데. 뭐 어차피 이지영 씨는 입이 무거우니까 얘기할게요. 제가 어디에 투자를 했거든요. 그런데 그게 잘못됐어요.

아.

여기 월급으로는 어림도 없거든요. 생활비며, 카드값이며.

매니저님은 돈이 많이 필요하시구나.

실은 제가 가장이에요. 아버지 어머니는 일을 안 하는 상태고.

너는 너도 모르게 한숨을 쉬었어. 그가 거짓말을 하고 있다는 걸 알았기 때문이야. 네가 예상한 대로 그는 빌린 돈으로 구두나 가방을 살 확률이 높지. 하지만 뭐 어때. 어차피, 어차피, 하고 너는 생각했지. 그리고 언젠가 여진 언니가 네게 했듯, 그의 눈을 오랫동안 바라보았어. 천천히 눈을 깜빡이며 이렇게 말했지.

알아요. 그동안 매니저님 마음이 얼마나 슬펐을지.

너는 눈물까지 글썽, 했어. 물론 파트 매니저는 어깨를 으쓱, 하고 말았지만. 그의 얼굴에는 당황스러움이 묻어 있었지. 하지만 오히려 그 때문에 너는 마음이 놓였어. 어쨌든 그와의 거리가 조금은 좁혀졌다는 생각이 들었거든. 잠시 뒤 너는 말했어.

혹시 도움이 될지 모르겠어요. 제가 아는 분이 투자회사에서 일하는데 종종 유용한 정보를 주시거든요.

아, 정말이요? 나 주식에 관심 많은데.

사실 저도 그분 덕에 돈이 좀 생겼죠.

대박. 언제 만나게 되면 같이 한번 봐요. 밥은 제가 쏠게요.

너는 그를 향해 미소 지었고 그는 좀 큰 소리로 웃으며 말했어.

꼭 연락 줘요! 꼭이요.

먹고사는 것을 이긴 병은 코로나가 최초일 거야. 정기휴무가 아니라면 닫은 적이 없던 백화점도 확진자 한 명이 다녀간 뒤 바로 셔터를 내렸으니까. 벌써 많은 사람들이 코로나로 죽었어. 하지만 코로나 같은 건 아무것도 아니라고, 치료조차 할 필요가 없다고 여진 언니는 말했잖아. 여전히 그렇게 믿고 있잖아. 자신이 예배당의 첫 번째 확진자가 된 다음에도 말이야. 그 믿음은 왜 깨지지 않는 거지? 너는 의아했어. 자신의 믿음을 발설하지 말라고, 부디 비밀을 지켜달라고 당부하는 여진 언니의 문자메시지를 받고 너는 거의 자포자기의 심정이 됐지. 너는 여진 언니를 설득하는 대신 이런 메시지를 남겼어. 잘 알았다고. 그러니 부디 무사하기만 하라고.

너도 보건소의 연락을 받았지. 연락을 받고 선별진료소에서 검사를 기다리며 너는 기도를 했어. 이 모든 악몽이 하루 빨리 끝나기를. 뉴스고 인터넷이고 제발 조용해지기를. 네가 받았던 호의와 기원이 무의미하지 않기를. 무엇보다 파트 매니저가 무사하게 출근하기를 바랐지. 너와 여진 언니와 그 남자를 만나 식사한 그가 제발 무탈하기를. 너는 기도를 멈출 수 없었어. 밥도 먹지 않고, 잠도 자지 않고, 어두운 곳에 스스로를 가두며 기도했지. 쉬운 게 아니었어. 기도는 의심하면 안 되는 건데. 너의 기도는 자꾸만 질문이 됐어. 신에게도 신이 있을까? 신은 그들의 신에게 뭘 비는 걸까? 그들도 열 손가락을 나란히 모으고 기도할까? 여덟 개나 여섯 개의 손가락이라면 기도는 안 이루어지는 걸까? 그리고 이런 기도는 어떻게 끝내야 하는 걸까? 하고.

때로는 기도가 사람을 해치기도 해. 적어도 너의 경우는 그래. 다 너 때문이라잖아. 너 같은 년을 만나서 이렇게 된 거라고. 듣도 보도 못한 사이비 종교의 연놈들이 작당모의를 하다니. 파트 매니저는 너에게 전화해 욕을 퍼부었어. 예배당 확진자 72번과 73번을 만난 파트 매니저는 확진자 75번이 되었어. 그의 입을 통해 너의 신상은 쉽게 드러났지. 너의 이름과 나이가, 주소와 직업이 인터넷을 떠돌았어. 슈퍼마켓과 지하철역, 식당과 카페를 거친 너의 동선은 실시간으로 낱낱이 밝혀졌지. SNS 고양이 사진 밑에도 끔찍한 저주들이 달렸어. 앞으로 너에게 닥칠 수 있는 불행의 종류는 너의 행적을 좇는 사람의 수만큼일지도 몰라. 너의 이름이 이토록 유효한 순간이 있었을까? 모두가 곤두서서 너를 지켜봤어. 모두가 피해자라서 너는 자연스럽게 가해자가 되었지.

백화점 팀장은 전화로 일을 그만둬달라고 했어. 맨 처음에는 근무 태도가 문제라고 했어. 하지만 이런 문제도 일으키고, 이럴 때는 도의상 알아서 나가주는 게 맞다고. 집주인도 전화했지. 이번 달 안에 방을 좀 빼달라고. 너는 집주인에게 사정했어. 아직 검사 결과도 나오지 않았다고. 집주인도 문제는 코로나가 아니래. 문제는 네가 사이비 종교에 빠진 거래. 실은 그게 바이러스보다 더 무서운 거라고. 집주인은 대단한 충고를 하듯 이렇게 말했어.

아가씨, 세상에는 하나님뿐이에요. 내가 독실한 기독교인이라서 봐주는 줄이나 알아요. 사람들을 이렇게 위험하게 만들어놓고 어쩜 그렇게 이기적이야?

하지만 너는 당장 집에 들어가 짐을 쌀 수가 없었어. 고양이들을 챙길 수도 없었지. 기자들이 집 앞을 가득 메우고 있었으니까. 집에 가는 길이 너무 공포스러웠어. 여진 언니도, 남자도, 예배당의 친절한 교우들도 처음부터 없던 것처럼 갑자기 사라져버렸고. 너는 눈물이 났어. 고양이들이 보고 싶었지.

벌써 이틀째. 기자들은 비둘기 떼처럼 모여 앉아 자장면도 시켜먹고 짬뽕도 먹으면서 너에게 문자메시지를 날렸지.

말씀 좀 나누고 싶어요.

그 종교에는 어떻게 빠지셨나요?

다른 피해자들에게 미안한 마음은 없나요?

다른 교인들은 다 어디로 숨었죠?

교주에 대해서는 어떻게 생각하세요?

너로서는 결코 대답할 수 없는 질문이 수십 개씩 쏟아졌어. 너는 문자 폭탄에 기가 눌렸어. 아무 엄두를 못 냈어. 너는 입과 코를 틀어막고, 잠수하듯 백화점 근처의 모텔에 숨어 있었지. 당분간 너 스스로를 가둬야 한다고 했으니까. 너는 '위험 대상'이 된 기분이었어. 보건소의 코로나 검사 결과 전화를 받기 전까지 너는 문 앞에 놓인 배달음식과 TV로 시간을 버텼지. 죽는 건 별로 무섭지 않았는데 고양이들이 죽을까 봐 무서웠어.

눈송이야.

번개야.

고사리야.

눈송이야.

번개야.

고사리야.

너는 허공에 대고 고양이들의 이름을 불러봤어. 모텔 커튼 뒤에서, 침대 밑에서 앞발을 꾹 누르며 기지개 켜는 고양이들을 상상했어. 세상에나. 너는 그렇게나 고양이들을 좋아한 거니? 사료통을 그냥 열어두고 올걸. 물은 좀 넉넉히 부어놓고 나올걸. 그런 생각을 하다 보면 어김없이 꿈을 꿨지. 사료통에 남은 사료 알을 세거나, 유리창을 깨서 고양이를 탈출시키는 꿈. 너는 매번 등이 서늘해져서 잠에서 깼지. 친구들에게 문자메시지도 돌렸어. 미안한데, 로 시작해서 고양이 밥으로 끝나는 메시지. 믿고 싶지 않지만 여진 언니와 함께 지구상의 모든 지인이 사라져버린 것 같았어. 확인이 필요했지. 너는 친구들의 SNS를 밤 고양이처럼 어슬렁거렸어. 모두가 마스크를 껴야 하고, 힘을 내야 하고, 착한 가게도 있고, 착한 손님도 있는데 너는 그게 너무 무서웠어. 그 속에서 너만 깨끗하게 삭제된 것 같았어. 왜 그렇지? 왜 거기에 너는 없지? 왜 있으면 안 되는 거지?

콧구멍 속에 면봉을 넣으며 10초면 된다고 했는데. 보건소에서 연락을 받은 건 10일이 훨씬 지나서였어. 코로나 음성판정. 처음부터 네 몸속에 코로나바이러스 같은 건 없었어. 백화점에서 확진 판정을 받은 사람들은 이제 누구를 원망하면 되는 걸까? 기뻤지만 동시에 허탈했어. 사람들이 죄다 왜 그래? 어쩌면 그렇게 함부로? 그토록 논리적이고 정의로운 사람들에게 이따위 악의는 도대체 어디서 나오는 거야? 너는 뒤늦게 울부짖었어. 울고 싶지 않았지만 눈물이 났어. 하지만 너는 곧 마음을 다잡았지. 고양이들이 있으니까. 너는 서둘러 정리를 마쳤어. 어른스럽게 그리고 너답게 괜찮다, 괜찮다 생각하면서.

너는 사람들 틈에 섞여서 지하철도 타고, 마을버스도 탔어. 마트에도 들러 고양이들에게 줄 우유와 물도 샀어. 이제 너를 쫓는 사람은 없어. 골목의 기자들도 사라졌고. 너는 거의 달리듯 집 안으로 들어섰지. 쿵쿵 가슴이 세차게 뛰었고. 눈물이 쏟아지려는 걸 간신히 참았어. 심호흡을 하고 고양이들의 이름을 불렀지. 크게 부르고 싶었는데 목소리가 나오지 않았어.

눈송이야, 번개야, 고사리야.

눈송이야, 번개야, 고사리야.

고요했어. 마치 컴컴한 우주에 혼자 떠 있는 기분이었지. 사료통이 비어 있는 것이 보였어. 물도 말라붙은 지 오래돼 보였고. 그때 냄새가 훅, 하고 마스크 안으로 밀려왔어. 썩는 냄새. 오물의 냄새. 오래도록 지워지지 않을 것 같은 절망의 냄새. 냄새 주변으로 고양이들이 삼켰던 작은 털 뭉치가 먼지처럼 뒹굴고 있었어.

눈송이야, 번개야, 고사리야.

62

너는 다시 고양이들의 이름을 불렀어. 컴컴한 방 안으로 들어서는 게 너무 무서웠기 때문이야. 진정해. 너 심장이 너무 빨리 뛰고 있어. 등에서 식은땀도 흐르고 있고. 몸이 점점 떨려와. 이러지 마. 나 더 이상 너를 지탱할 힘이 없어.

*

너는 하나의 큰 브로콜리였어.
브리콜리의 한 가닥이 나였다면 말이야.

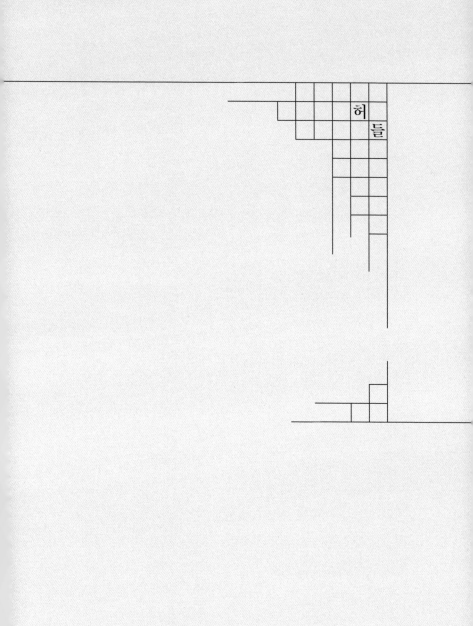

허
들

유서를 쓰는 동안 숨을 참아요.

그러면 내 옆으로 더 바짝, 죽음이 다가오는 것 같습니다. 좋아요. 마음이 식은 애인에게 비로소 이별 선언을 하는 느낌이랄까요? 살짝 통쾌한 기분이 된 나는 죽음에게 명령을 내리는 내 모습을 상상합니다. 단호하지만 부드러운 표정으로, 기다려, 하고요. 그러면 죽음은 꼼짝없이, 주인을 기다리는 개처럼 문밖에 앉아 나를 기다리고 있는 거예요. 어쩌면 이제 엄마도 그 개 옆에 나란히 서서 나를 지켜보고 있을지도요.

그런 상상을 한 건 아주 오래전부터였어요. 지금으로부터 20년 전, 나의 이십대, 엄마의 아들이자 나의 남동생이 군대에 가 있는 동안이었죠. 그 애가 반쯤 강제로 떠난 유학 생활을 접고 잠시 한국에 들어왔잖아요. 아버지의 수입과 엄마의 온 시간이 달러로 환산되던 것이 잠깐 멈췄고요. 실은 기대했어요. 유학 비용만 마련한다면 나도 남동생처럼 어학연수 정도는 갈 수 있지 않을까. 하지만 엄마의 생각은 달랐어요. 여러 이유를 댔지요. 여자에게 외국은 험하고, 혼자 있는 여자의 소문은 사납고, 무엇보다 남동생의 제대가 얼마 남지 않았기 때문에. 나를 포함한 온 가족이 남동생의 학비를 충당하는 것을 엄마는 십일조에 비유한 적이 있었죠. 하나님도 기적을 만드는 데 돈이 필요한데 하물며 사람이야, 하면서요. 좀 의아했어요. 교회에도 다니지 않는 엄마가 하나님까지 등장하는 논리를 펼치다니요. 하지만 아르바이트로 번 돈을 엄마에게 건네는 내 마음 역시 부끄러운 것이었다는 걸 고백합니다. 1의 미래를 위해 저당 잡혀 있는 9의 삶. 그러니까 내게 버틸 수 있는 유일한 위안, 아니 복수의 방법은 죽음뿐이었어요. 죽음만큼 확실하게 욕망을 작고 하찮게 만드는 것이 또 있을까요? 그러니까 그때 나의 마음은 배교(背教)와도 같은 것이었습니다. 때문에 나는 아무도 몰래 펜을 들었습니다. 내가 사라지고 난 뒤 글을 읽을 얼굴들을 떠올리면서요. 그때부터입니다. 내게 유서를 쓰는 버릇이 생긴 것은요.

오페어(au pair).* 그 단어에 충동적으로 끌렸던 건 사실이에요. 오페어는 프랑스어로 동등하다는 뜻이 있다고 유학원 원장은 말했습니다. 힘쓰는 일이 많은 워킹홀리데이보다는 여자가 하기에 좋은 일이라고요. 특히, 한국 여자에게 제격이라고 했습니다. 교육열이 높기로 소문난 한국 엄마들의 이미지 때문에 고용률이 높다고요. 그는 쭈뼛거리는 내게 자기소개서에 꼭 들어가야 할 내용들을 받아 적게 했습니다.

나는 맏딸로 평범하게 자랐다.

자상한 아버지, 헌신적인 어머니, 남동생 등 가족이 화목하다.

친절한 편이며 아이들을 매우 좋아한다.

마음에 들지 않았어요. 특히 평범이란 말이요. 뚱한 표정을 살피던 원장이 이렇게 말했습니다. 편하게 집안일을 하면서 돈 받는 게 쉬운 일은 아니잖아요, 하고요. 나는 어학연수를 고집하며 생긴 엄마와의 불화를 떠올렸습니다. 그래요. 나는 내게 주어진 모든 시간 속에서 빠짐없이 특별하고 싶어요. 욕심도 많고, 고집도 세요. 하지만 아무리 귀를 세우고, 눈을 열고, 온몸에 돋은 신경을 뻗어도 엄마의 설득은 그저 견디는 삶을 반복하라는 얘기잖아요. 마치 나에게만 받아야 할 빚이

* 외국인 가정에서 일정한 시간 동안 아이들을 돌보는 대가로 숙식과 일정량의 급여를 받는 것을 뜻함. 자유시간에는 어학 공부를 하고 그 나라의 문화를 배울 수 있는 일종의 문화 프로그램으로 분류된다.

있기라도 한 듯이. 하지만 결론적으로 나는 이기적인 인간이 되는 것을 감수하기로 했습니다. 덕분에 남동생과는 전혀 다른 조건의 비자를 받을 수 있었고요. 그게 새삼스럽지는 않아요. 내게 주어진 기회란 대부분 그런 것을 견디고 받는 보상 같은 거였으니까요. 그렇게 나는 미국으로 떠났습니다.

포틀랜드의 한 가정집에서 아이들을 돌봤어요. 학교도 다녔고 친구도 사귀었습니다. 약학을 전공하는 동갑 여자였어요. 나와는 다르게 엄마의 기대를 한 몸에 받고 있었고요. 그 애는 자신이 엄마의 분신이라고 믿었습니다. 엄마의 꿈을 대신 이루기 위해 약대에 진학한 거라고 했어요. 나는 물었습니다.

어머니 꿈이 약사셨어?

아니, 의사 부인.

나는 잠깐 그 애의 말을 이해하지 못했습니다. 어리둥절했어요. 그 애의 아버지는 의사였으니까요. 하지만 친구의 다음 말을 듣고는 그냥 고개를 끄덕였습니다.

엄마가 불행해.

왜? 의사인 아버지랑 결혼하셨잖아.

아버지가 평생 자길 무시했대.

그 뒤로 우리는 별다른 얘길 나누지 않았습니다. 그 애는 자신의 삶에 불만이 없는 것처럼 보였습니다. 약사 면허를 가진 의사의 아내가 되기 위해 거의 매일 밤을 새고, 끼니도 거르고 시간을 쪼개 써도요. 다만 엄마에게 취약한 생물 같았어요. 엄마의 바람대로 학교와 도서관, 기숙사를 오갈 뿐이었지요. 그 애는 엄마를 맹신하는 것으로 자신의 삶을 받아들이고 있었어요. 하지만 엄마라는 신앙이 통하지 않는 때도 있었죠. 바로, 카데바 실습. 그 애는 유독 그걸 무서워했어요. 우연한 기회에 나는 생리학 실습에 들어간 적이 있었어요. 물론 그 애의 부탁이 있었지요. 곧 중간고사를 치르는데 의대생들이 실습을 끝낸 카데바로 근육 이름을 맞추는 시험이 있다고 했습니다. 그 애는 시체를 보는 일이 매번 그렇게 무섭대요. 함께 가주면 좀 덜 무서울 것 같다는 부탁이었습니다. 호기심이 생겼습니다. 그 전까지 시체를 본 적이 없었거든요. 나는 약간 흥분해서 물었습니다.

그런 수업에 청강이 가능해?

너 꼭 한번 보고 싶다며.

그렇긴 한데.

그런 거면 괜찮아. 수강생이 엄청 많은 데다 땡시험이라. 다들 정신이 없어.

실습이 있던 날이었습니다. 나는 소독된 가운을 걸치고 실습실로 향했습니다. 거기, 그녀가 있었어요. 철체 침대 위, 검은 머리의 카데바. 윤기를 잃은 머리칼 아래로 물기가 바짝

마른 이마와 코가 보였습니다. 반쯤 벗겨진 흰색 천 아래로는 근육의 이름을 표시한 시침핀들이 잔뜩 꽂혀 있었고요. 나는 그만 강의실 문 앞에서 걸음을 멈췄습니다. 카데바의 생김이 나와 비슷하다는 근거 없는 생각 때문이었습니다. 정말 이상하지요? 발바닥이 땅에 붙어버린 것처럼 몸을 움직일 수가 없다니요. 우두커니 등 뒤에 서 있던 친구가 의아한 얼굴로 나를 봤습니다. 나는 겨우 물었습니다.

저 시체 동양인이야?

응. 나는 몇 번 봤어. 우리 또래고.

어쩌다 저렇게 됐대?

그런 걸 왜 물어?

뭔가 나랑 비슷하게 생긴 것 같아서.

말도 안 돼! 너 혹시 겁먹은 거야?

친구는 급기야 풉, 하고 웃음을 터뜨렸습니다. 나는 웃을 수가 없었고요. 오히려 곧 울음이 터질 것 같았지요.

야! 햄스트링을 움직여봐. 햄스트링.

친구는 그제야 긴장을 푼 듯, 나의 허벅지 뒤쪽을 가리키며 중얼거렸습니다.

바이셉스 피머러스, 여기 넙다리두갈래근. 앞으로 나갈 때 방향을 바꿔주는 역할을 한다.

그러고는 놀리듯 내 어깨를 툭, 치고 천천히 강의실 안으로 들어섰습니다.

바이쎕스 피머러스, 바이쎕스 피머러스.

주문을 외듯 그렇게 중얼거려봤지만 소용없었어요. 알 수 없는 두려움을 떨칠 수가 없었습니다. 발 앞에 보이지 않는 선(線)이 존재하는 것 같았습니다. 한번 넘으면 다시는 그 전으로 되돌아갈 수 없을 것 같은 느낌의 선. 하지만 더 이상한 것은 그와 동시에 정반대의 마음도 있었다는 거예요. 그 선을 넘어보고 싶다는 생각이, 그래서 영영 그 전으로는 되돌아갈 수 없게 만들고 싶다는 생각이요.

바이쎕스 피머러스, 바이쎕스 피머러스.

나는 중얼거리며 겨우 한 걸음을 옮겼습니다. 앞으로 나아가는 근육의 갈래갈래, 움직임을 느끼며 한 걸음, 또 한 걸음, 어떤 선을 향해서요. 그런데 엄마, 아직도 잘 모르겠어요. 그건 어떤 선이었을까요? 그때 나는 무엇으로부터 영영 돌아갈 수 없길 바랐던 걸까요?

몇 가지를 부탁드립니다, 라고 시작하는 유서에는 통장 잔고와 전세 보증금, 시계와 가방 등을 누구에게 전달할지 적었습니다. 이름을 적고 보니 유품을 받을 사람들의 얼굴이 생각났습니다. 그걸 떠올리면 묘하게 우울감이 사라졌는데 이유는 잘 모르겠어요. 내가 겪었던 생, 그러니까 그 생을 이루는 수많은 실수에 대해 더는 변명하지 않아도 된다는 마음 때문일지도요. 이를테면 나의 이혼 같은 거요. 그러니까 좀 더 솔직히 말하자면 문제는, 망했기 때문이에요. 굳이 망함의 인과관계를 나열하자면 새로울 게 없습니다. 결혼, 임신과 출산, 퇴사, 불화, 남편의 외도 그리고 이혼. 그래요. 엄마의 예상대로 난 실패했어요. 이혼을 위해 나는 아이의 양육권까지 포기했어요. 그것을 빌미로 남편은 재산의 대부분을 요구했고요. 그때 엄마의 태도는 싸늘했죠. 마치 이 모든 파탄의 책임이 나의 양육권 포기에 있는 것처럼요. 엄마의 비난은 마침내 스스로를 향했습니다. 따지고 보면 모두 자기 탓이라고요. 아버지와 이혼하고 다시 재결합했기 때문에, 자식들에게 못 보일 꼴을 보였기 때문에, 어쩌면 나의 이혼은 예정된 수순이었다는 논리로요. 그건 시모도 마찬가지였어요. 남자는 실수할 수 있다면서요. 하지만 천륜을 저버리는 일은 그것과는 차원이 다른 죄라면서요. 한 번쯤 눈감아줄 수 있는 문제가 아니냐면서 나를 몰아세웠습니다. 엄마도, 시모도 그것을 지키느라 스스로의 삶을 충분히 불행하게 만들었으면서도 말이에요. 아직도 흐느끼는 엄마의 말이 생각나요.

세상에. 어쩌자고 지 엄마 이혼 팔자까지 닮는 거니.

사망보험금과 서랍 속 현금에 관해 적을 때였어요. 그 말이 떠올랐고요. 그건 딸에게 줄 계획이었거든요. 눈두덩이 뺑 뚫린 것처럼 눈물이 쏟아졌습니다. 이상한 일이지만 그 아이를 바라볼 때, 나는 내 마음속의 어린 엄마를, 그 엄마에게서 나온 더 어린 나를 보는 것 같은 기분이 들었습니다. 어려서 슬프고, 힘이 없어 외로운 여자아이요. 자기편이 하나도 없어서 스스로의 한계 말고는 확신할 수 있는 게 아무것도 없는 사람이요. 아, 엄마. 나는 그때 하지 못한 말들 때문에 이렇게 긴 유서를 쓰는 것인지도 몰라요. 어쩌면 엄마를 대신해 쓰는 것인지도요. 예전처럼 바쁜 것도 똑같고, 숨이 찬 것도 똑같고, 넘어지면 아픈 것도 똑같은데 나는 내내 트랙을 이탈한 기분입니다. 경기장을 벗어나 결승선과는 영 반대 방향으로 달리는 느낌이요. 어떤 때는 온몸의 수분이 싹 증발된 그 시체처럼, 엄마, 온몸이 바스러질 것 같아요. 어쩌지요? 나는 도무지 이런 삶을 받아들일 수가 없습니다.

유서에 등장하는 이름들 중에 강의 이름은 맨 마지막에 넣었습니다. 그림들은 강에게 주세요, 하고요. 그림들은 이혼할 때 집에서 들고 나온 유일한 물건이었습니다. 그림을 물려준 엄마의 말대로라면, 지금은 가격이 꽤 많이 올랐을 테지요? 그림을 그린 작가들이 모두 고인이 되었으니 말입니다. 하지만 어쩌면 강은 그 그림들을 이미 자신의 소유라고 생각할지도 모르겠습니다. 동거를 시작하면서 그의 집에 걸어뒀으니까요. 그것은 함께 살고 있는 내가 자연스럽게 그의 소유처럼 여겨지는 것과 비슷한 일일 테지요. 맞아요. 강은 내가 쓴 유서의 최종 수신인이 될 것입니다. 때문에 그에게 돌아갈 적절한 보상에 대해 언급하지 않을 수 없어요. 그는 공정함에 민감한 사람이고, 그런 삶은 타인과의 적당한 거리 유지를 통해 가능하다고 믿는 사람이기도 합니다. 나도 예외는 아니었습니다. 동거를 시작하고 6년. 적어도 서류상에서 그와 나는 동거인이라는 적당한 거리로 표시되어 있습니다.

오늘은 맨발이 괜찮은 날씨입니다. 며칠째 비가 내리지 않았고, 낮게 내려앉았던 구름 사이로 해도 비쳤어요. 창을 열어 바깥의 온도를 가늠해봤어요. 어제보다 따뜻해진 공기가 손끝에 닿았습니다. 나는 얼마 전 칠한 초록색 페디큐어와 잘 맞는 샌들을 떠올렸습니다. 매번 이름이 헷갈리는 브랜드, 지안비토 로시. 하지만 잠시 망설였어요. 서울서부지방법원 뒤 공증사무소 2시, 그곳에 어울리는 차림인지. 아버지를 만나는 약속에 너무 멋을 부린 느낌은 싫기 때문이에요.

실은 지안비토 로시 샌들도 원피스도 과하게 느껴질 리가 없어요. 오늘 같은 날이 아니라면 장식 없는 흰색 가죽 샌들이, 무릎을 덮는 단색의 원피스가 필요 없을지도 모르죠. 나는 원피스 지퍼를 끝까지 잠그고 거울 앞에 섰습니다. 가는 실반지 몇 개를 제외하고 다른 액세서리는 하지 않았어요. 풀었던 머리는 느슨하게 다시 묶었고요. 하지만 여전히 그 모습이 마음에 들지 않습니다. 냉정히 보자면 눈가의 실금처럼 퍼진 나이가 몹시 거슬립니다. 파운데이션을 덧바르고 크림 타입의 블러셔를 다시 칠합니다. 블러셔의 이름은 섹스어필. 눈웃음을 지어봅니다. 그러고는 억지로 끌어내린 눈꼬리와 입꼬리를 다시 펴요. 그래도 멋을 부린 태가 나는 것 같아요. 때문에 조급한 마음은 쉽게 가시지 않습니다. 약속 시간까지는 아직 한 시간이 넘게 남아 있고 나는 아직, 거울에서 눈을 뗄 수 없어요.

엄마. 외숙모를 기억하세요? 늘 자신의 처지를 엄마와 비교하던 외숙모요. 외숙모는 엄마를 무척이나 미워했지요. 엄마는 그걸 몰랐겠지만. 입버릇처럼 아버지 같은 사람이 없다고 말하며 엄마를 질투했지요. 아버지가 자수성가로 재산을 모은 데다, 끝내 이혼을 실행에 옮긴 엄마 같은 사람을 다시 받아주었다고요. 몇 년째 사업 구상 중인 외삼촌을 먹여 살리고 있는 자기 같은 사람도 있는데, 엄마는 호강에 겨운 거라고. 그녀의 태도는 마치 참지 못하는 여자는 벌을 받아야 마땅한데, 그렇지 않으니 복으로 생각해야 한다는 투였어요. 특히 아버지와 공동 명의로 마당이 달린 집을 살 때 그랬잖아요.

1층에 상가가 달린 우리 집이요. 지하와 3층을 고쳐 세를 더 많이 놓으라고 조언한 것이 외숙모라는 걸, 나는 엄마가 돌아가신 뒤에 알았습니다. 외숙모는 꿈이 화가였다지요? 집안 형편 때문에 전문대학에 갔다면서요. 엄마가 그랬잖아요. 동생들을 돌보느라 자신의 꿈도 접은, 사실 외숙모는 너무 순하고 수줍음 많은 사람이었다고. 결혼해서는 외삼촌과 줄줄이 달린 외가 식구들을 먹여 살리느라 붓을 쥐었었다는 사실조차 잊은 거라고요. 하지만 지금 외숙모는 미술을 메인으로 내건 어린이집을 운영하고 있어요. 나는 그녀가 아이들을 가르친다는 것을 선뜻 상상할 수 없지만요. 중학교 때 목격한 어떤 일 때문이에요.

중학교 2학년 여름방학 때였어요. 외숙모의 딸인 현이와 며칠을 함께 보낸 적이 있습니다. 우리는 한때 같은 초등학교에 다닌 적이 있잖아요. 외숙모네가 현이 오빠의 고등학교 진학을 위해 반포로 이사하기 전까지요. 현이는 예쁘거나, 공부를 잘하거나, 인기가 있는 아이는 아니었어요. 집에서도 밖에서도 존재감이 거의 없는 아이였지요. 그런 아이가 어떤 마음으로 사는지, 나는 잘 알고 있었어요. 그것은 내가 현이를 이질감 없이 받아들인 이유이기도 했습니다.

현이는 교회에 다녔어요. 거기 좋아하는 오빠가 있었거든요. 사랑에 빠진 현이에게 당연한 건 아무것도 없었습니다. 눈이 오는 것도, 비가 내리는 것도, 골목길의 가로등이 꺼져 있거나 우연히 들은 노래 가사까지도요. 모두 현이의 마음을 흔들었지요. 나는 가끔 현이의 부탁으로 그 오빠에게 보낼 편지를 대신 써주곤 했습니다. 때로는 현이의 알리바이가 되어주기도 했고요. 하지만 그런 일은 그 여름 이후로 다시 일어나지 않았습니다. 나는 현이와 더는 만날 수가 없었어요. 그 오빠에게서 온 답장을 외숙모에게 들켜버렸기 때문이죠. 편지는 나와 현이가 보는 앞에서 갈기갈기 찢겨졌습니다. 외숙모가 현이의 뺨을 때렸어요. 현이의 얼굴이 휙, 돌아갔어요. 현이의 고개가 꺾이고 뺨이 붉게 부어오르는 동안 나는 마음이라는 게 이렇게 산산이 부서질 수 있다는 걸 처음 깨달았습니다. 외숙모는 낮게 중얼거렸어요. 멸시 가득한 눈을 나에게 고정한 채로요.

징그럽다, 정말 징그러워. 그 속에 뭐가 우글거리고 있는지.

엄마, 나는 아주 오랫동안 그 눈빛에서 자유롭지 못했음을 고백합니다. 그 순간을 떠올리면 날카로운 종이 날에 뺨이 베인 느낌이 들어요. 그래서 노력했어요. 비난받지 않으려고요. 하지만 순하게 끌려다니고 남들의 욕구를 충족시킬수록 나는 전보다 조금 더 잘 견디는 사람이 될 뿐이었지요.

그런 외숙모가 내게 전화를 했어요. 엄마의 장례식에서 본 뒤 거의 3년 만이었습니다. 굵은 화살처럼 장대비가 쏟아지던 겨울이었고요. 어색하게 마주 앉은 외숙모와 나는 별로 할 얘기가 없었습니다. 외숙모는 현이의 안부를 들려주었어요. 의외였어요. 현이는 음대에 들어간 후로 외숙모를 포함한 모두와 연락을 끊었다고 들었는데, 외숙모는 그 사실을 아무도 모르는 것처럼 말했습니다. 현이는 딸을 둘이나 낳고 또 임신을 했대요. 딸만 둘이라 노심초사했는데 이번에는 아들이라서 더는 걱정이 없다고 했습니다. 나는 좀 실망했어요. 현이는 좀 다르게 살고 있을 거라 생각했거든요. 내 표정을 알아차린 듯 외숙모는 이런 말을 덧붙였습니다. 현이는 자신의 전공을 살려 아이들 음악 교육만큼은 직접 하고 있다고요. 그리고 더는 궁금해하지 말라는 듯 물었습니다.

그나저나, 너는 어떻게 지내니?

외숙모는 최근에야 내 이혼 소식을 들었다고 했습니다. 잘 지내고 있다고 말했지만 외숙모는 도통 믿지 못하는 눈치였어요. 나는 다시 한번 차분하게 말했습니다.

잘 지내요. 일도 시작했고, 사람들도 많이 만나고, 그래서 술이 엄청 늘었어요. 하하하.

외숙모의 표정 때문에 나는 어쩔 수 없이 조금 큰 소리로 웃어버렸어요. 아무리 아니라고 해도 외숙모는 내가 우울증과 대인기피증, 뭐 그런 이유로 은둔 생활을 한다고 생각하는 것 같았어요. 외숙모는 다시 물었습니다.

딸은 어쩌고?

나는 잠시 생각했습니다. 딸 이야기를 하자면 이혼 과정과 그 이후 어려워진 친정의 사정까지도 상세히 설명해야 했으니까요. 하지만 돌이켜보면 그럴 필요는 없었을 것 같아요. 외숙모의 표정이 아까보다 더 나쁘게 일그러졌으니까요. 잠자코 얘기를 듣던 외숙모는 끝내 울 것 같은 얼굴이 되었습니다. 그러곤 이렇게 말했지요.

지금이라도 아이를 데려오지 그러니.

그럴 형편이 아니에요.

형편이 무슨 상관이야. 죽이든 살리든 제 새끼는 무조건 어미가 키워야지.

숙모는 나무라듯 나를 매섭게 바라봤습니다. 나는 문득, 그 여름이 생각났어요. 징그럽다고 말하는 멸시 가득한 그 눈이요. 그리고 그런 외숙모를 바라보는 현이의 눈도요. 무엇인가가 어긋났고 더는 아무것도 돌이킬 수 없는 사람의 눈이요. 나는 그만 시선을 내려 식어버린 찻잔을 봤습니다. 그것 말고는 달리 할 수 있는 게 없었어요. 이윽고 외숙모는 한숨을 쉬듯 이런 말을 덧붙였습니다.

하긴. 그게 네 잘못이겠니? 다 네 엄마가 잘못 산 탓이지.

하지만 엄마, 다행이에요. 외숙모가 진짜 하고 싶었던 얘기는 그게 아닌 것 같았으니까요. 외숙모는 조금 전까지의 안타 깝다는 듯한 표정을 누그러뜨리며 집에 관해 물었습니다. 외숙모가 부러워하던 그 집이요. 현이의 오빠가 늦은 결혼을 하게 되었다면서요. 결혼할 여자가 산부인과 의사라 집은 한 채 사줘야 한다고요. 외숙모는 타이르듯 말했습니다. 자식을 위하는 일이란 이런 거라고. 아무리 사정이 힘든 조카 앞이라도 염치 불구하고 간청하는 거라고요. 정말이지 외숙모의 눈빛은 간절했습니다. 아버지 명의의 집을 싸게 살 수 있도록 아버지를 설득해달라는 내용이었습니다. 네, 잘 알고 있어요. 엄마도 그 집을 아들의 몫이라 선언했던 것을요. 그것 역시 모두를 위한 일이라고 했지요. 하지만 엄마의 장례식 후, 아버지의 사업이 어려워졌어요. 모든 재산을 팔아 자금을 융통한 노력에도 불구하고 아버지의 회사는 부도를 맞았고요. 그렇게 아버지는 자신이 소유했던 집의 세입자가 되었습니다. 이제, 그 집은 외숙모 아들의 집이에요.

주차장으로 걸어가다가 만개한 벚꽃나무를 봤어요. 청량한 공기 속에서, 눈부신 햇살 속에서, 꽃들이 흐드러지게 반짝거릴 때마다 나는 조금씩 더 비참한 기분이 되었습니다. 급기야 손에 쥔 증빙서류들을 박박 찢어버리고 싶은 충동에 사로잡혔어요. 이 봄날, 내가 향할 곳은 공증사무소이고 나는 곧 아버지를 채권자 신분으로 만날 예정이기 때문입니다. 물론, 이 건 궁지에 몰린 아버지의 또 다른 계획이에요. 압류된 재산 중 내 몫의 돈을 되찾을 거라고 했습니다. 그러기 위해서는 아버지와 내가 채무자와 채권자가 되어야 한다고요. 아버지가 내 게 줄 생각이 없었던 몫을 나는 꼭 받아야겠다고 주장하는 입 장이에요. 그 돈을 받아 아버지의 사업자금으로 쓸 요량으로 요. 아버지는 엇비슷한 성공 사례와 복잡한 법 조항들을 늘어 놓았어요. 하지만 내가 납득할 수 있었던 것은 오직 하나였습 니다. 아버지가 하려는 일은 사건을 더 복잡하게 만들고, 그 결과는 누구에게도 득이 되지 않는다는 것이요. 법이란 대체 로 그렇게 끝나는 거잖아요. 시간과 돈이 많은 쪽의 편. 그러 니까 아버지의 편이 아닌 것만은 분명해 보였어요. 아버지는 전보다 더 부지런히 몸을 움직였습니다. 더 이상 사장도 건물 주도 아니었지만 멈추면 큰일 나는 사람처럼 부산하게 소득 없는 일들을 벌였지요. 그중에는 교회에 다니는 일도 있어요. 아버지가 신을 믿기 시작했다는 것은 이제 지구상에 믿을 만 한 게 아무것도 없다는 뜻일 겁니다.

변호사 앞에 나란히 앉은 아버지와 나. 이상했습니다. 서류 상 채권자와 채무자 신분으로 앉아 있는 부녀에게 변호사는 이렇게 말했습니다.

내년 3월까지 원래 지불해야 할 매매 대금의 절반을 따님에게 주시고, 이를 어길 시 이자가 붙습니다. 이 서류는 그것에 대한 공증 자료이고요.

변호사는 손가락에 침을 묻혀가며 서류를 넘겼습니다. 페이지를 넘길수록 서류상 아버지가 내게 갚아야 할 돈의 액수가 올라갔어요. 그래요. 그건 그냥 숫자일 따름이죠. 내가 그저 아버지가 준비해 오라던 서류의 일부가 되어버린 것처럼요.

공증사무소를 나와서 아버지와 나는 말없이 걸었습니다. 공증사무소에서 제법 멀어졌을 때였어요. 아버지가 문득, 이런 말을 했습니다. 들릴 듯 말 듯 한 목소리였어요.

너는 평범하게 살 줄 알았는데.

익숙한 상황이었습니다. 나는 다른 사람들에게 하듯 차근하게 설명하려 했어요. 하지만 곧 그만두었습니다.

자식도 뺏기고 이렇게 살 거면 좀 버티지.

왜요? 왜 그래야 해요?

버텨야지. 하고 싶은 거 갖고 싶은 거 좀 참고 버텼어야지. 버티면 결국 모두 네 게 되는 건데.

평범한 삶이 무엇인지 묻고 싶었지만 그만두었어요. 아버지는 걱정스러운 얼굴로 말을 이었습니다.

나는 아들 걱정은 안 한다.

하는 수 없이 고개를 끄덕였습니다. 아버지의 말은 진심이고 진실이기도 하니까요. 집을 사주고, 사업자금을 대주고, 마치 보험처럼 그의 곁에 존재하는 것. 아버지는 이미 자신의 생 절반을 아들과 불행 사이의 안전거리 확보에 할애했으니까요. 그런데 엄마, 아버지의 다음 말에 나는 내 마음이 화르륵 타오르는 걸 느꼈어요.

그런데, 나는 너 때문에 눈을 감을 수가 없어.

걸음을 멈췄습니다. 얼음처럼 서서 멀어지는 아버지의 뒷 모습을 봤어요. 그리고 용서란 단어를 떠올렸습니다. 점처럼 작아져버린 아버지를 보며 그 단어를 떠올리는 동안 어쩌면 나는 누군가 이렇게 말해주길 기대했던 것 같아요. 이건 부당 하고 불공평한 거라고. 하지만 생각만 할 뿐, 입 밖으로는 아 무 말도 나오지 않았어요. 맞아요. 이제는 어렴풋이 알 것 같 습니다. 지금까지 나는 책임을 다하려고 노력한 게 아니었어 요. 다만, 무기력했을 뿐이에요.

아버지와 헤어지고 집으로 돌아오는 길에 연주 언니의 전 화를 받았습니다. 퇴근길에 잠깐 전해줄 것이 있다고 했습니 다. 집 근처 바에서 만나자고 했어요. 생각해보니 언니를 보는 것이 꽤 오랜만이었습니다. 언니가 늦은 결혼을 결심하고 끝 내 파혼을 결정한 뒤로는 처음이기 때문입니다. 조금 일찍 퇴 근했다는 언니가 약속 장소에 먼저 와 기다리고 있었습니다.

서류로 가득 찬 쇼핑백과 종이봉투에 담긴 화분이 언니 옆에 놓여 있었어요. 화사한 원피스를 입은 언니가 나를 보며 환하게 웃었습니다.

언니, 이게 다 뭐야?

나 오늘 퇴사했어.

갑자기?

응. 그렇게 됐어.

퇴사라는 말과 다르게 언니는 기분이 좋아 보였습니다. 따뜻한 녹차를 건네는 언니가 따뜻한 사람이었다는 게 새삼스럽게 생각났습니다. 제법 말이 잘 통했다는 것도요. 우리는 하이볼 두 잔을 주문했습니다.

걱정했는데 괜찮아 보여서 다행이야, 언니.

아. 그 일 때문에?

연주 언니는 뜻밖이라는 듯, 잠시 나를 보다가 이내 하이볼 잔으로 시선을 돌렸습니다.

지금은 다 괜찮아졌어.

언니는 천천히 하이볼을 마셨습니다. 잠시 뒤, 언니가 말을 이었습니다.

나, 결혼하기로 했거든.

응?

그 사람이랑. 다시.

순간 어리둥절했습니다. 언니가 그 사람이라고 했으니까요. 언니의 말에 따르면, 그는 이기적인 사람이었습니다. 언니가 좋아하는 일을 하찮게 여기는 사람이었고요. 사람을 많이 만나야 하는 언니의 직업이 그 사람 생각으로는 쓸데없이 시간만 낭비하는 일처럼 여겨진다고 했습니다. 그의 전화에 신경을 곤두세우고 자꾸만 그가 정한 규칙들을 떠올려야 하는 자신이 비참하다고도 했어요. 그 문제로 똑같은 싸움을 수도 없이 반복했대요. 벽을 마주한 기분이라고, 언니가 파혼을 선언하며 울었던 것이 떠올랐습니다.

네가 무슨 생각하는지 알아.

나는 나도 모르게 입술에 힘을 주었습니다. 기분이 이상했어요.

너는 내가 잘못된 선택을 하는 거라고 생각하지?

내 표정을 살피던 언니는 잠시 뜸을 들이다 천천히 말을 이었습니다.

나는 조금 더 안전한 선택을 하는 거야.

안전, 이라고 말하며 오므렸다 벌어지는 언니의 입술을 나는 가만히 지켜보았습니다. 뭐랄까요. 묵직하고 뜨거운 돌덩이가 목구멍을 향해 올라오고 있는 것 같았어요. 삼킬 수도 뱉을 수도 없는 크기의 어떤 것이요. 나는 나도 모르게 언성을 높였습니다.

안전?

응, 안전. 평범하게 사는 거.

그래요. 언니와 나의 세계에서 안전이란 언제나 나쁘지 않은 것과 괜찮은 것 사이의 선택이었다는 걸 다시 한번 깨달았습니다. 아버지의 말대로 나쁜 것을 버텨서 최후에는 평범한 상태가 되는 것이요. 잠시 침묵하던 언니가 말했습니다.

넌 안 그러니? 불필요한 싸움 같은 거 이제 그만하고 싶지 않니?

나는 잠자코 하이볼을 홀짝이다가 되물었습니다.

내가…… 누구와 싸우는 걸로 보이는데?

시위하듯 입을 꾹 다문 내게 언니는 자신의 마음을 변호하듯 그간의 재회 과정을 설명했습니다. 나는 의미 없이 고개를 끄덕였어요. 언니는 어딘가 불안한 구석이 있는 사람이라고 생각했는데, 그게 참 좋아 보였는데. 그간의 사정을 말하는 오늘만큼은 확실히 안전해 보였습니다. 그러는 사이 하이볼은 밍밍한 물이 되었습니다. 엄마, 언니도 결국 그런 사람이었어요. 끝내 자기 자신과 싸우게 될까 봐 두려워하고 있는 사람이요. 그걸 몰랐던 건 아니었습니다. 다만 외면하고 싶었나 봐요. 우리가 실패에 얼마나 취약한 사람인지를요. 언니는 일어설 타이밍을 찾는 듯, 중간중간 시계를 올려다봤습니다. 그리고 정말 마지막 순서라는 듯, 커다란 종이봉투를 건넸습니다. 손바닥만 한 이파리가 튀어나와 있는 봉투였어요.

이게 뭐야?

회사에서 키우던 화분.

화분?

짐을 챙기는데 네 생각이 나서 들고 나왔어. 신혼집에는 둘 곳도 마땅치 않고.

무슨 식물인데?

여인초.

여인? 여자라는 뜻이야?

아니. 나그네 려(旅) 자를 써서 려인초. Traveler's Palm.

그러면서 언니는 청첩장을 함께 건넸습니다.

이건 청첩장이야. 불편하면 안 와도 돼. 이해할게.

나는 그런 언니의 움직임을 순식간이라고 느꼈지만, 실은 아니었습니다. 언니는 내게 동의할 시간을 주겠다는 듯 천천히 움직였지요. 나는 이번에도 그냥 고개를 끄덕였습니다. 그리고 잠시 뒤 언니에게 청첩장을 되돌려줬어요. 그 편이 그렇게 하지 않는 것보다 더 쉬웠기 때문입니다.

불을 끄고 누웠는데 잠이 오질 않아요. 나는 텔레비전 볼륨을 0으로 줄입니다. 죽은 줄 알았던 드라마의 여주인공이 사람들 앞에 등장해 모두가 경악하는 장면입니다. 사람들이 소란합니다. 악역을 맡은 여자의 일그러진 얼굴이 화면 가득 클로즈업 됩니다. 험악한 말을 발음하는 듯한 묵음의 입들을 보며 나는 양을 생각합니다.

양 한 마리.

양 두 마리.

양 세 마리.

양이 울타리를 넘습니다. 아니, 넘지 못합니다. 울타리는 그다지 높지 않은데, 양은 도통 그 울타리를 뛰어넘을 생각을 하지 않아요. 양은 울타리 안에서 울기만 합니다. 울면서 고작 자식을 뛰어넘고, 남자 친구를 뛰어넘고, 결혼을 뛰어넘고, 엄마라는 유령을 뛰어넘습니다. 그런데 엄마, 정작 양이 뛰어넘은 건 아무것도 없는 것 같아요. 아, 도무지 잠이 오질 않네요. 나는 결국 일어나 어두운 방 안을 서성입니다.

양 네 마리.

양 다섯 마리.

양 여섯 마리.

문득, 창 앞에 놓아둔 종이봉투에 눈길이 갑니다. 연주 언니가 준 화분이 들어 있는 봉투요. 나는 그 속에서 플라스틱 화분을 꺼냈습니다. 꽤 오랫동안 키웠다는, 물만 주면 잘 자란다는 언니의 말이 생각났습니다. 과연, 과하게 자란 식물 뿌리가 흙 밖으로 튀어나와 있었습니다. 흙을 떠나 줄기를 거슬러

오르고 화분 너머 허공을 향해서요. 그건 뭔가를 꽉 움켜쥐려는 마디가 굵은 손가락 같았습니다.

양 일곱 마리.

양 여덟 마리.

엄마. 나는 지금 어떤 말이든 해야 할 것 같아요. 마음속에 소용돌이치는 단어들을 꺼내놓지 않으면 영영 저 플라스틱 화분 속에 처박혀버릴 것 같습니다. 나는 어쩌다 죽음을 각오하지 않으면 아무것도 넘지 못하는 사람이 되었을까요? 내가 아는 모든 상식을 동원해서 긴 유서를 쓰는 사람이 되어야 했을까요? 삶, 그걸 하자면 그래야 할까요? 내가 당신의 딸로, 아내로, 엄마로 태어나 그 모든 것을 갈아엎지 않으면 삶은 불가능한 일일까요? 그 생각이 나를, 자꾸만 죽음으로 돌아가게 합니다.

양 아홉 마리.

울타리를 넘어요.

아니, 울타리를 넘고 싶어요.

엄마. 엄마는 정말 그렇게 생각하세요? 이 식물을 좀 보세요. 흙을 벗어나고, 줄기를 거스르고, 끝내 허공을 향해 자라는 이것을 정말 뿌리라고 불러야 좋을까요?

새벽을 기다려야겠어요. 날이 밝으면 들판으로 나가려고

요. 할 수 있다면 그곳에 이 식물을 놓아주고 싶어요. 아무것도 묻지 않고요. 그리고 유서를 고쳐 써야 할 것 같아요. 나는 나의 유서가 여기서 멈추지 않기를 바라요. 그래서 엄마, 나는 내 마지막 문장을 아직 정하지 못했습니다.

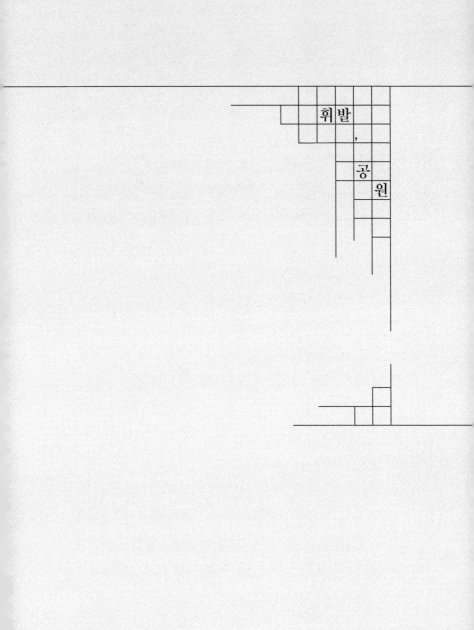

휘발

,

공

원

우주에서 막 빛을 뿜는 별이 있다면 지금 너는 그 빛을 볼 수 없어. 그건 4백 년 후에나 볼 수 있는 빛이야.

내가 말하자 주영은 눈을 동그랗게 떴다.

오빠 빛 있어?

나는 다시 말했다.

빛 말이야 빛. 네가 알고 있는 북극성의 빛이 실은 갈릴레이가 종교재판을 받을 때 방출된 빛이라고.

이렇게 말했을 때 주영은 공원 방향으로 깜빡이를 켜며 시큰둥하게 대답했다. 여름휴가 얘기 좀 하자고 했더니 왜 그런 쓸데없는 소리를 하느냐고. 비용은 자신이 부담할 거니까, 부담은 갖지 말라고. 나는 머쓱한 얼굴로 주영을 바라보았다. 쓸데없는 소리와 부담이라. 나는 '부담'보다 '쓸데없는 소리'에 더 신경이 쓰였다. 반은 맞고 반은 틀린 말이었다. 왜? 나는 소설가니까. 그저 등단할 때 작은 단상에 올라가 수상 소감을 말한 것이 내가 받은 상의 전부지만 주영은 꼬박꼬박 나를 작가라고 불러주었다. 어쩌면 그게 주영이 나와 사귀는 단 하나의 이유인지도 몰랐다.

회사 사람들도 그랬다. 주로 귀찮고 까다로운 일을 수습해야 할 때뿐이지만 그들은 나를 고 작가 혹은 고 작, 하고 불렀다. 뭐 대단히 신나거나 설레는 일은 아니었다. 다만 출근길 지하철에 전용 손잡이 하나가 생긴 것 같은 기분이랄까. 말이 좋아 경영지원팀이지 주로 불특정한 잡일을 도맡아 하던 나는 별다른 능력도 존재감도 없는 사람이었다. 자주 잉크가 바닥나는 프린터기 같았다. 모나미 볼펜 같을 때도, 커피믹스 같을 때도 있었다. 아니, 어쩌면 그보다 더 정체가 불분명할지도 몰랐다. 등단해 작가가 된 것은 그렇게 존재감이 비품처럼 바닥나던 차였다. 지금은 그 작가라는 호칭에 매달려서 버티는 중이고. 그런데 쓸데없는 소리라니. 적어도 주영은 그런 말을 하면 안 되었다. 자신의 SNS에 슬쩍슬쩍 올리는 글의 대부분이 다 내 입에서 나온 말들이 아닌가.

하늘공원에 도착해서도 나의 빛 타령이 끝나지 않자 주영은 항의하듯 거칠게 주차했다. 주차장을 벗어나자 나무가 듬성듬성한 언덕이 보였다. 주영은 빠른 걸음으로 주변을 두리번거렸다. 커다란 나무 아래 자리 잡고는 나를 향해 손짓했다. 같은 자리를 노리고 다가오던 커플이 아쉬운 표정으로 돌아서는 게 보였다. 주영은 두툼한 체크무늬 돗자리를 깔고 피크닉 바구니에 챙겨 온 물건들을 꺼내기 시작했다. 간이 테이블을 펼치고 플라스틱 와인 잔과 알록달록한 접시들을 세팅했다. 이윽고 샌드위치 도시락을 꺼낸 주영이 습관처럼 사진을 찍기 시작했다.

새벽부터 일어나 만든 거야. 예쁘지?

어, 예쁘네.

사진은 자연스러운 게 생명이지. 연출한 티가 나면 촌스러워.

촬영을 끝낸 주영이 샌드위치 한 조각을 건넸다. 전날 마신 술로 입이 깔깔했지만 주영과 말다툼하고 싶진 않았다. 나는 기계적으로 샌드위치를 씹었다. 표면이 버석해진 빵은 맛이 없었다. 찬찬히 반응을 살피던 주영이 미간을 찌푸렸다.

대충 먹어. 맛이 뭐 그렇게 중요해?

나는 입 안에 도는 비릿함을 삼키기 위해 와인을 홀짝였다.

공원은 생각보다 깔끔했다. 냄새도 나지 않았다. 허리 높이의 억새와 잘 관리된 메타세쿼이아 길이 나무가 빽빽한 숲을 연상시켰다. 쓰레기 매립지를 덮어 만들었다는 것이 믿겨

지지 않을 정도였다. 사람도 많았다. 산책하는 사람들과 촘촘한 간격으로 나무 밑에 자리를 잡은 사람들이 끊임없이 무엇인가를 먹거나 마시고 있었다. 어쩐지 치열한 느낌을 주는 풍경이었다. 갑작스럽게 피곤함을 느꼈다. 나는 쓰러지듯 자리에 누웠다. 볕이 따뜻했고 바닥은 생각보다 폭신했다. 쓰레기 더미 위도 괜찮네? 하는데 주영이 옆으로 와 비스듬히 기대며 말했다.

상상이 돼?

뭐가?

여기가 쓰레기 산이라는 게. 그걸 풀과 나무로 덮다니. 좀 대단한 것 같지 않아?

나는 좀 살벌한 느낌?

왜?

허공에 떠 있는 것 같달까? 인간이 쓰레기를 자꾸만 포장하고 있는 것 같기도 하고.

오, 어쩐지 멋진 말인데? 그거야말로 인간 승리네.

아니지.

어째서?

생각해보니까, 여기다 파묻어도 안 썩을 것 같은 인간들이 너무 많아.

뭔가 새로운 것을 발견한 것 같은 주영의 표정을 보자 나는 조금 우쭐해졌다. 말하고 보니 그랬다. 공원을 검색했을 때 기적과 재생, 재활과 복원이란 키워드가 자주 등장했다. 자그마치 15년 동안 쌓인 서울의 배설물에게 기적이 일어나면 뭐가 되는 건가. 내가 버린 영수증과 면도기, 콘돔과 구멍 난 양말이 재생에 성공하면? 공원 조감도 역시 의문이었다. 여자 가슴을 닮은 두 개의 언덕이 있고, 그 사이에는 페니스처럼 불뚝 솟은, 지금은 사용하지 않는 쓰레기 처리장의 굴뚝이 있었다. 나는 혼자서 고개를 주억거리다 그런데 그게 나랑 무슨 상관인가, 하며 눈을 감았다.

사람들의 실명이 나오는 소설을 쓰겠다고 했을 때 주영은 딱히 반응이랄 것을 보이지 않았다. 물론 실명의 주인공이 주영의 지인이라는 사실에 대해서, 요즘 우리의 대화에서 제일 자주 언급되는 사람이라는 것에 대해서 말하지 않은 탓도 있었다. 하지만 내 소설에 누가 등장하고 그가 어떤 사건에 휘말리는지 주영은 원래부터 관심이 없었다. 그것은 내 소설에 대한 주영의 질문과 평가를 듣다 보면 자연히 알 수 있었다. 둘의 대화 속에서 가장 선명하게 남는 것들은 대부분 쓸모가 정해져 있는 것들의 이름이었다. 오해든, 이해든 나는 주영의 관심사가 내가 글로 쓰는 세상과는 한 뼘쯤 비껴 있다고 생각했다. 너는 가격이 지배하는 세계에 나는 그것 이면에. 사실, 그렇게 넘어가는 쪽이 더 나았다. 주영이 나의 세계를 잘 모르고 관심도 적다는 것, 그것 때문에 나는 자주 그녀 앞에서 다른 사람이 될 수 있었다. 그러니 계획대로라면 나는 작가답게 사색적이고 깊이 있는 삶을 살아야 했다. 일주일에 몇 권 이상 책을 읽고, 규칙적으로 글을 쓰고, 어떤 순간에도 인간에 대한 이해와 관찰을 게을리하지 않는.

그러나 현실은 늘 이상에 미달됐다. 아침에 눈을 뜨면 쫓기듯 지하철을 향해 달렸다. 회사와 집을 오가며 책은커녕 기사 한 줄 보는 것도 어려웠다. 처음에는 죄책감도 있었는데 이제는 그마저도 사라졌다. 엉뚱하게도 이 모든 상황에 대한 합리화만 작가답게 치밀해졌다. 어떻게 해도 될 일은 되고 안 될 일은 안 되지, 하는 식. 그러면서 나는 핸드폰을 쥐었다. 침대에 누워 의식이 사라질 때까지 주영이 SNS에 올린 글과 사진을 기웃거렸다. 주영이 베껴 써놓은 나의 말에 사람들은 반응했다. 수십 개의 좋아요, 와 댓글을 보는 것으로 하루를 마무리했다. 그렇게 좋아요 누른 사람의 수를 세고, 그들의 피드를 옮겨 다니다 만난 것이 그녀였다. 내가 쓰고 싶은 소설의 실마리를 준 사람. 그러니까 섹스를 제외한다면 요즘 주영과 내 대화의 거의 대부분을 차지하는 그녀, 블리를.

주영이 와인을 따르며 말했다.

이번에 만난 사람은 건축 일을 하는 사람이래.

누구?

누구긴 누구야. 블리 언니지.

아.

글쎄 처음 만난 사람에게 200만 원짜리 노트북을 선물받았다는 거야. 너무 심한 거 같지 않아? 나는 그렇게 살아가는 방식을 도무지 이해할 수가 없어. 어쩌면 그렇게나 겁이 없는지. 오빠나 나처럼 조심성 많은 부류와는 완전 다른 것 같아.

근데 너는 왜 그렇게 블리를 싫어해?

싫어하는 거 아니야. 걱정하는 거지.

걱정?

응. 나 그 언니랑 친하잖아.

주영이 다시 전화기를 들며 말했고 나는 그 말에 고개를 끄덕였다. 친하다는 것에 동의한다는 뜻은 아니었다. 주영이 블리를 안 지는 일 년도 되지 않았고, 실제로 만난 것은 최근에 몇 번이 전부였다. 하지만 둘의 관계가 유해한 것인지 아닌지 모르는 상황에서 이 정도의 뒷담화야. 게다가 온라인 친분이 아닌가. 그러니까 인스타그램 팔로워 10만 명을 가진 블리의 뒷담화는 요즘 시들해진 주영과 내 관계의 유일한 활력소이자 어쩌면 실질적인 연결고리인지도 몰랐다. 한참 얘기를 늘어놓던 주영이 핸드폰에서 눈을 떼지 않은 채 물었다.

그런데 그 소설에 내 이름도 나와?

구체적인 계획이 없었음에도 나는 다시 고개를 끄덕였다.

주영이 콧잔등을 찡긋하며 귀엽게 웃었다. 그리고 내 배를 베고 누워 셀카를 찍기 시작했다. 돗자리와 와인 잔, 나의 얼굴 반쪽이 셀카의 배경으로 사용됐다. 주영의 SNS에는 얼마 전 블리의 것과 비슷한 피드가 생겼다.

　#햇살_아래 #고작가와 #허공에서의_피크닉

　지난 주말 블리도 이곳, 하늘공원에 다녀갔다. 주영이 챙겨 온 체크무늬 돗자리와 간이 테이블이 블리의 사진에도 등장했다. 한 시간도 안 되어 천 명이 넘는 사람들이 좋아요, 를 눌렀다. 그러니까 원래부터 피크닉을 좋아했다던 주영의 말은 신빙성이 없었다. 불과 세 달 전 한강공원으로 피크닉을 갔다가 심하게 다툰 것을 어떻게 잊을 수가 있나. 주영은 날벌레가 들끓는 야외를 질색했다. 바닥에서 올라오는 축축함이 찝찝하다고 투덜댔고 무엇보다 비릿한 물 냄새 때문에 입맛이 싹 사라졌다고 했다. 정작 한강 타령을 한 것은 자신이었음에도 주영은 작심이라도 한 듯 사사건건 날을 세웠다. 그때 내가 명확하게 깨달은 것이 있었다. 주영이 원했던 것은 '한강'이 아니라 '한강 뷰'였다는 것을. 그것 또한 블리의 피드를 보다가 알게 된 사실이었다. 그즈음 그녀의 피드에는 용산에 새로 오픈한 호텔에서의 파티와 한강 뷰를 배경으로 찍은 사진이 게시되어 있었다. 그런 기억 따위는 없다는 듯, 주영은 한껏 격앙된 목소리로 호들갑을 떨었다.

봐, 나오길 정말 잘했지? 공기 좋은 데서 오빠는 글도 좀 쓰고.

SNS에서는 모든 것을 AI가 알아서 찾아줬다. 알고 싶은 게 있으면 그저 나와 연결된 알고리즘의 지시를 따르기만 하면 됐다. 문득, 내가 연 것이 판도라의 상자는 아닌가, 하는 회의가 들었지만 그뿐이었다. 금단의 상자는 사색과 호기심을 충족하기에 충분했다.

키 162센티미터 정도에 나이를 짐작할 수 없는 얼굴의 블리는 뒤돌아볼 만한 미녀는 아니었다. 그러나 포인트가 확실한 스타일링과 발 빠른 핫플 소개로 인기를 끌었다. 블리는 오전 9시에서 10시 사이, 밀리타 에스프레소 머신으로 내린 커피를 마셨다. 가끔은 꽃을 사러 새벽 꽃시장에도 갔다. 필라테스는 일주일에 두 번씩, 골프와 테니스까지 해서 늘 분주했다. 취미로 도자기를 구웠고 매일 저녁 약속이 있었다. 주로 비싸고 예약이 어려운 레스토랑이었다. 거기서 문어발식으로 남자를 만난다는 것은 주영이 알려주었다. 문어발이라고 해서 보통의 문어발은 아니었다. 나름의 원칙이 있는 만남이었다. 비싼 물건을 자주 공급하는 쪽이 만남에 유리했다. 자연선택의 이론으로 보면 블리는 합리적인 사람이었다.

하지만 문어발에 속하지 않는 애인도 있었다. SNS에는 단 한 번도 언급되지 않은 사람. 주영이 다시 덧붙이기를, 그는 호주에 아내와 아이들을 유학 보낸 기러기라고 했다. 문어와 기러기. 거리가 먼 듯한 이 포식 관계는 생각보다 흔하게 존재하는 먹이사슬 중 하나라고 했다. 그러므로 이 생태계에서 위장은 필수였다. 여자들과 함께라면 블리는 반드시 단체 사진을 찍어 올렸다. 하지만 사진에 고급 레스토랑의 코스 요리와 와인만 등장한다면 그건 분명히 다른 해석이 필요했다. 사진 속 동행을 궁금해하는 댓글에 블리는 답 대신 귀여운 이모티콘을 두 개씩 달았다. 다른 해석은 혼자라고 써놓은 여행 사진에서도 확인할 수 있었다. 비즈니스 좌석에서 찍은 사진과 함께 홍콩이나 마카오의 맛집 사진이 게시됐다. 족히 삼사 인분은 되어 보이는 음식을 배경으로 블리는 홀로 하는 여행의 외로움에 대해 토로했다.

#혼행 #맛집_성공 #다음엔_친구랑

그러나 여기까지는 누구나 시간을 들이면 알 수 있는 것들이었다. 나는 블리에 관한 더 깊은 정보를 얻기 위해 주영의 뒷담화에 적극적으로 호응했다.

딱히 일정한 직업이 없는 블리는 SNS 프로필에 자신을 예술가 클로이, 라고 적어놓았다. 클로이는 블리가 짧게 외국 생활을 했을 때 썼던 영어 이름이었다. 클로이로 불리던 시절 스물넷의 블리는 클럽에서 만난 미국 교포와 결혼했지만 곧 이혼했다. 둘 사이에 딸이 하나 있는데, 딸이 있는 것은 공식적인 비밀이었다. 딸은 남편이 쭉 데리고 있다가 대학 진학을 앞두고 블리에게 보냈다. 블리는 애인이 없는 시간에만 딸을 집으로 불렀다. 한동안 주영은 딸에 관한 블리의 하소연을 나에게 그대로 옮겨 들려주었다. 15년 만에 만난 딸에게 가장 먼저 해준 일이 주식계좌 개설과 턱 축소 성형이었다는 것도. 아빠를 닮은 딸의 턱이 몰라보게 갸름해졌다는 얘기를 전하며 주영은 자연스럽게 블리의 성형 의혹을 제기했다. 내가 적극적으로 동조하지 않자 주영은 흐지부지 얘기를 마무리했다. 사실, 블리가 속한 세계에서 각자의 생존 무기는 비밀에 부치는 게 원칙이라고. 그러면서 삶의 다양성에 관해 다소 긴 설명을 덧붙였다. 어차피 이상한 세상이니, 다양성의 측면에서 이상한 관계란 이상할 것도 없는 현상이라는 알 수 없는 소리를 했다. 이 부분에서 나는 다시 한 번 고개를 끄덕였다. 그런 유의 삶의 다양성이라면 나도 섭섭지 않은 경험이 있기 때문이다. 예를 들자면, 그날 호텔에서 블리를 만난 것. 그런데 이런 게 정말 우연에 속하는 일일까.

시작은 친구들과의 모임이었다. 늘 그랬던 것처럼 이야기는 지금 만나고 있는 여자에서 영영 못 만날 여자 쪽으로 흐르고 있었다. 망한 소개팅을 거쳐 요즘 신세계라 불리는 데이팅 앱에 이르기까지, 앱 콘텐츠 회사에 다니는 친구가 한창 개발 중인 앱에 대해서 얘기할 때만 해도 나는 별다른 관심이 없었다.

해봤냐?

가입 심사가 살벌하다며?

그걸 누가 평가해?

AI.

에이, 그거 아직 어설프지 않냐?

그러게. 봇 같다는 얘기도 있고.

봇?

로봇.

그럼 만날 때도 봇이 나오나?

병신.

술에 젖은 대화들은 치킨과 골뱅이 소면 위를 가로질렀다. 틴더니, 아만다니, 골드스푼이니 하는 것들에서 각자 몇 점을 받을까를 놓고 목소리가 높아지고 있었다. 누구는 연봉 기준이라고 했고 누구는 AI를 들먹이며 프로필 사진 분석이 결정적이라고 했다. 정작 얘기를 꺼낸 친구만 조용했다. 잠시 뒤, 그 누구의 의견도 쓸모가 없다는 얼굴로 그가 말했다.

야, 그게 그렇게 간단하게 나오는 게 아니거든?

그 말에 나는 무심코 이렇게 말했다.

컴퓨터가 0 아니면 1, 단순하지 뭐.

와. 이렇게 무식해도 소설을 쓸 수 있구나.

맞잖아.

야. 요즘은 너 쓰는 소설도 컴퓨터가 써주는 세상이다.

알아. 그런데 그렇게 써지는 소설이 정말 소설은 아니고.

그래? 그럼 소설이 뭔데?

나는 말문이 막혔다. 친구는 이럴 줄 알았다는 표정으로 말했다.

인간이 뭐냐? 다 패턴이야. 그 패턴을 거의 완벽하게 파악하고 있는 게 AI고. 뭘 먹고, 뭘 사고, 뭘 보는지 그게 고스란히 데이터로 남아 있잖아. 이건 속일 수가 없거든. 그걸 걔가 인간보다 더 복잡한 과정으로 소화해서 그 인간이 되는 수고를 하는 거야. 그래서 먹히는 거고. 이 정도인데 소설이 문제겠냐?

친구는 자랑스럽게 말했다. 지금 인스타그램이나 페이스북에서 사용하는 알고리즘은 장난이라고. 자신이 아는 선배는 그걸 명리학에 적용해서 꽤 오래전부터 쏠쏠한 수익을 올리고 있다는 거였다. 차도 바꾸고 집도 사고. 친구는 비밀을 발설하는 사람처럼 목소리를 낮추며 말했다.

에이, 그러지 말고 한번 해봐. 이런 것도 알아야 하는 거 아니냐? 너는 작가인데.

나는 멋쩍어 고개를 갸웃했지만 이내 그가 추천해주는 앱 몇 개를 다운받고 있었다. 친구는 그것들을 한번 경험해보고 코멘트를 해달라고 부탁했다. 앱에서 사용할 수 있는 포인트를 무한정 지급하겠다는 조건이 내걸렸다.

　최종 평점 2.51/5. 상위 50.2% 합격.

　데이팅 앱의 가입 심사는 거의 하루가 걸렸다. 오랜만에 느껴보는 초조함이 신선했지만 생각보다 애매한 점수에 마음이 상했다. 내 사진 밑으로 그나마 점수를 높게 준 사람들의 사진이 죽 늘어서 있었다. 나는 합격이라는 단어를 곱씹으며 프로필을 하나씩 살펴봤다. 세상에, 이렇게 멀쩡하게 생긴 여자들이 내게 호감 표시를 하다니. 마음은 다시 들뜨기 시작했다. 출처를 알 수 없는 흥분에 휩싸였다. 나는 여자들을 골라내기 시작했다. 기준이 있었다. 스타일이 좋을 것. 명품을 휘감는 것보다는 구찌와 유니클로를 적당히 섞을 줄 아는 센스가 있는 여자. 그러다 어떤 사진에 손가락이 멈췄다. 여자의 사진은 눈 밑으로 잘려서 코와 입밖에 보이지 않았다. 갸름한 얼굴이었다. 각이 잡힌 단정한 셔츠 차림으로, 데이팅 앱에는 어울리지 않는 사진이었다. 셔츠 안쪽으로 톰브라운의 시그니처 스트라이프가 눈에 띄었다. 이력서처럼 프로필에는 나이와 학력이 자세하게 나와 있었다. 외국에서 대학교를 졸업했고 S전자에서 일하는 여자였다. 여름휴가는 동유럽으로, 겨울휴가는 동남아로 떠나곤 한다고 적어놓았다. 나는 이 모든 이력에 의심을 품고 더 알아보기 버튼을 눌렀다. 늘 그랬던 것처럼 핸드폰을 쥔 채 침대에 누웠고 여자가 바닷가에서 찍은 사진들을 감상하다 잠들 예정이었다. 그러던 차에 갑자기 메시지가 날아왔다.

지금 뭐 해요?

나는 놀라서 얼굴에 핸드폰을 떨어뜨렸다. 호기심에 눌러본 프로필이었는데. 무엇보다 이렇게까지 빠른 반응은 생각지도 못했다. 나는 10초쯤 멍하게 핸드폰을 보다가 답을 보냈다.

아무것도.

지금 시간 돼요? 파티가 있는데.

다시 10초쯤 생각했다. 갑작스럽게 솟아난 충동이 나를 침대에서 일으켰다. 나는 옷장을 들여다보며 답했다. 주영이 생일 선물로 사준 재킷이 눈에 들어왔다.

어디에서요?

라이즈호텔 루프탑 바.

약속은 1분도 안 돼서 정해졌고 나는 정확히 약속 시간 10분 전 루프탑에 도착했다. 강렬한 비트의 음악이 루프탑의 허공에서 쿵쿵쿵 울리고 있었다. 여자의 말대로 정말 파티가 한바탕 벌어지고 있었다. 어깨를 드러낸 원피스를 입고 하이힐을 신은 여자들이 샴페인 잔을 손에 들고 리듬을 탔다. 적당한 바람이 불었다. 바람 속에는 초여름의 미지근한 습기가 녹아 있었다. 나는 스탠딩 테이블에 기댄 채 사람들을 살폈다. 여자는 흰색 튜브톱에 은색 재킷을 입을 거라고 했다. 주변을 둘러봤지만 그런 여자는 없었다. 그때였다. 몇몇의 시선이 출입구 쪽을 향했다. 한 여자가 루프탑 안으로 들어서고 있었다. 샤넬 재킷과 에르메스 샌들, 디올 레이디 백을 든 여자. 내가 이 브랜드들의 이름을 다 알고 있다니, 의아해하다가 여자의 얼굴이 매우 낯익다는 생각으로 이어졌다. 그리고 거의 동시에 블리가 떠올랐다. 블리는 직원의 안내를 받아 루프탑의 가장 좋은 자리로 향했다. 내가 서 있던 홀과 확연히 다른 위치였다. 홀의 중앙에서 몇 계단 위에 있고 그곳은 루프탑의 중앙과는 뭔가 다른 분위기를 풍겼다. 앉으면 거의 눕는 자세가 되는 소파에 블리는 몸을 기대고 앉았다. 그리고 잠시 도시의 야경으로 시선을 돌렸다. 나는 블리를 힐끔거리다 칵테일 한 잔을 주문했다.

여자는 약속 시간을 훌쩍 넘기고도 나타나지 않았다. 평소라면 마시지 않을 칵테일을 벌써 네 잔째 주문하고 있었다. 칵테일 가격에 봉사료가 붙으면. 하아, 짜증이 났다. 그냥 집으로 돌아갈까, 생각했지만 어쩐지 억울한 마음이었다. 할 수 있는 일이라고는 오직 멀리 앉아 있는 블리를 관찰하는 것뿐이었다. 블리 쪽도 상황은 마찬가지인 듯 보였다. 꽤 오랜 시간, 누군가를 기다리며 혼자 있었다. 상심한 것 같은 눈빛과 몸짓,

혼자 마시기에는 너무 커다란 술병과 과일 안주. 나의 상상력은 그 사이 어디쯤에서 자꾸만 불뚝거렸다. 관찰 결과 블리는 어딘지 내가 주영에게서 들은 모든 서사를 뒤집을 것 같은 분위기를 풍겼다. 나는 재킷 주머니에서 펜을 꺼냈다. 테이블에 놓인 냅킨을 펼쳐 이렇게 적었다.

블리에 대해 알려진 사실들은 어쩌면 모두 거짓말일지도 모른다. 이주영의 블라, 최유민의 블라, 김경석과 나형준의 블라는 애초에 그냥 블라, 블라, 블라.

그렇게 보니 이렇게 실명이 가득한 소설도 괜찮을 것 같았다. 친구의 뒷담화를 하는 애, 뒷담화에 자꾸만 좋아요, 를 누르는 애, 좋아요 때문에 기를 쓰고 뒷담화를 만드는 애들의 이름. 거기에 자신도 모르게 자신의 뒷담화에 가담하는 애의 이름까지. 어쩐지 누군가를 고자질하는 느낌에 묘한 쾌감이 일었다. 그때였다. 혼자 빙글거리는 나와 블리의 눈이 마주쳤다. 나는 나도 모르게 꾸벅 인사를 했다. 무표정한 블리의 얼굴을 보며 앗, 하고 낭패를 외쳤지만 때는 이미 늦었다. 그런데 잠시 뒤 블리가 나를 향해 걸어왔다.

주영이 남자 친구죠? 아는 얼굴 같았어요.

나는 최대한 짧게 인사를 하고 자리를 떠야겠다고 생각했다. 몸이 좋지 않다는 핑계로 주영과 데이트를 취소했다는 것이 떠올랐기 때문이다.

아, 네. 얘기 많이 들었습니다. 죄송합니다.

뭐가요?

아니, 제 말은 그게 아니라.

잘못한 걸 들킨 사람처럼 얼굴이 뜨겁게 달아올랐다. 나는 횡설수설했다. 친구를 기다리는데 친구가 안 온다. 파티는 별로 좋아하지 않는다. 그쪽도 그다지 재밌어 보이지는 않는다. 시끄러워서 좀 그렇지만 이런 곳에서 아는 사람을 만나다니 이게 정말 우연이냐 등등. 가만히 듣고 있던 블리가 들릴 듯 말 듯 하게 속삭였다.

작가시죠?

이상한 일이었다. 갑자기 헬륨 가스를 넣은 풍선처럼 몸이 걷잡을 수 없이 떠오르는 느낌이었다. 지구의 인력이 오늘 일어날 모든 사건을 눈감아주겠다는 듯 공중으로 몸을 떠미는 느낌이랄까. 기대로 한껏 부푼 말들이 발바닥에서부터 머리를 향해 서서히 솟구쳤다.

우리, 술 같이 해요.

블리가 잠깐 웃었고 의아한 눈빛으로 대답했다.

우리요?

네. 우리.

블리의 자리로 옮겨 앉은 뒤에도 둘 사이에는 한참 동안 침묵이 흘렀다. 그러나 설명할 수 없는 많은 것들이 그것으로 용인된 느낌이었다. 약간의 시간이 더 흘렀을 때 블리가 뜬금없이 이런 말을 했다.

나에 대해 알아요?

나는 조금 뜸을 들이다 말했다.

조금요.

예를 들면?

애인이 있다는 것?

의아하다는 표정을 짓는 블리의 얼굴을 보며 나는 생각했다. 도대체 이런 상황에서 어떤 대답을 한단 말인가. 그냥 모른다고 해야 했나? 나는 우물쭈물하다가 블리가 따라놓은 위스키 잔을 단숨에 비웠다. 잠시 뒤, 나도 뭔가를 고백해야 할 것 같은 압박이 밀려왔다. 나는 술 한 잔을 더 비우고 이렇게 말해버렸다.

저희 아버지도 일종의 기러기였어요. 뭐, 외국에 나간 건 아니었지만.

농담을 한다고 한 건데, 또 아차 싶어 얼굴이 화끈거렸다. 막막했다.

그게 아니라. 내 말은 소문 같은 것에 신경 쓰지 말라는 뜻이에요. 다들 나름의 진실이 있잖아요.

나름의 진실이요?

그럼요.

내가 격하게 고개를 끄덕이자 블리가 풋, 하고 소리 내 웃었다. 그러나 그 순간 블리의 표정은 명료했다. 어딘가 툭, 하고 부러진 사람처럼 창백한 얼굴이었다.

나름이라고요?

뭐, 해석의 여지가 불가능한 영역이니까요.

아. 어떤 사람들이 무기로 쓰는 그거요?

네?

작가라면서요. 그런 걸 무기로 쓰는 게 소설 아닌가?

블리의 말을 듣고 있자니 나는 몹시 하고 싶은 일이 생겼다. 뜬금없이 블리라는 사람이 궁금했다. 그와 동시에 이 밤을, 이 밤의 블리를 탐구하고 싶다는 욕구가 뜨겁게 끓어올랐다.

우리, 조용한 곳에서 얘기 좀 하죠.

나는 자리에서 일어서며 블리의 손목을 잡았다. 블리가 피로한 얼굴로 나를 올려다봤다. 그 빤한 눈이 내 눈과 코와 입을 차례로 응시했다.

너 정말 웃기는 애구나.

룸은 조용했다. 루프탑과는 대조적으로 꽉 닫힌 밀폐용기 같았다. 나는 어딘지 익숙한 방으로 들어서며 내가 완전히 잊고 있던 사실 하나를 깨달았다. 502호. 크리에이터 룸. 회색 카펫 위에 동글동글한 패브릭 소파. 작은 2인용 식탁 위 초콜릿과 캔디까지. '라이즈호텔이 당신을 환영합니다.' 웰컴 카드를 발견했을 때 나는 실없이 웃음이 났다. 재작년 이맘때였고 나는 이 방에서 누군가를 기다린 적이 있었다. 주영이었다. 백일 기념으로 방을 예약했었다. 할인받기 위해 친구에게 쿠폰을 부탁했던 것, 풍선을 달 때 양면테이프가 잘 붙지 않아 고생했던 것이 기억났다. 케이크와 와인을 사고 포장 음식으로 저녁을 주문하고. 그렇다면 이 룸에는 그때 내가 써놓은 낙서가 있을 터였다. 나는 소파 뒤의 벽을 찬찬히 살폈다. 콘센트 박스 밑, 거기 어디쯤 글씨를 써두었는데. 과연 깨알처럼 박힌 글씨가 남아 있었다. 주영이 침대 시트로 가슴을 가린 채 글씨를 쓰던 나를 지켜보던 것이 생각났다. 알몸으로 〈화양연화〉의 한 장면을 재현하자 팝콘처럼 사랑스럽게 웃었던 것도. 나는 마치 양조위처럼, 비밀을 묻는 앙코르와트 사원의 벽 앞에 선 것처럼, 콘센트 구멍에다 대고 이렇게 말하며 글씨를 적었다.

영의 엉덩이, 그 위에 점.

그 유치하고도 찬란한 이벤트 덕분에 나는 자주 위기를 맞았던 주영과의 관계를 지금까지 이어올 수 있었다. 그러나 논리와 이성만 존재하는 것이 세상이라면 세상에는 사건과 사고는 없었을 거였다. 그러니까 오늘의 사건 혹은 사고는 이성과 논리로 충족되지 않는 무엇인가 있는 게 확실했다. 문득, 세상의 이치를 깨달은 기분이 들었다. 나는 그렇게 앉아 금방 오겠다는 블리를 기다렸다.

깨끗한 욕실이 있고, 웰컴 카드도 있고, 시내가 내려다보이는 거대한 창도 있는 룸에 나는 혼자였다. 방값을 떠올리니 조바심이 생겼다. 그렇다고 지금 이 시간에 주영을 초대할 수도 없는 노릇이었다. 나는 불길한 기분을 달래기 위해 자꾸만 맥주를 마셨다. 주름 없이 말끔한 침대 시트를 보다가 소파에 기대어 앉았다. 그리고 이 모든 것이 정말 우연일까, 하는 생각에 빠져들었다.

오늘 약속 장소에 오지 않은 반쪽짜리 얼굴의 여자. 그녀는 지금의 사건과 어떻게 연결이 되나. 그 연결 과정의 알고리즘에 대해 나는 골몰하기 시작했다. SNS에서 검색했던 수많은 톰브라운 속에서? 유니클로와 유럽 여행지 추천 속에서? 그렇다면 블리는. 그건 말할 것도 없었다. 내 SNS에 랜덤으로 떠 있는 무수한 해시태그들이 모두 블리를 향해 있다. #웰컴 #라이즈호텔 #501 #루프탑 #파티 #혼자 #기러기 #나름의_진실

나름의 진실.

나는 나도 모르게 조그맣게 중얼거렸다. 그리고 동시에 블리의 말이 떠올랐다. 그럼 당신에게 나름의 진실은 주영인가,

하던. 그렇고 그런 밤의 변곡점 같았던 블리의 표정도 생각났다. 수수께끼 같은 말을 곱씹고 있을 때 호텔 방의 전화벨이 울렸다. 블리일까? 나는 재빠르게 수화기를 들었다. 아무런 소리도 들려오지 않았다.

뚜, 뚜, 뚜.

전화는 끊겼다. 아마, 블리는 오지 않을 것이다. 아, 전화번호라도 물어볼걸. 나는 아쉬움을 견디며 짙은 갈색 커튼을 걷었다. 비가 내리고 있었다. 나는 셔츠를 벗기 시작했다. 바지를 내리고 팬티를 벗었다. 공기가 서늘했다. 허물처럼 옷을 남겨두고 욕실로 향했다. 자포자기의 심정으로 욕조의 수도꼭지를 돌렸다. 물이 천천히 차올랐다. 수증기로 눈앞이 흐려졌다. 나는 뜨거운 물속에 몸을 담갔다. 웅크린 자세로 앉아 페니스를 붙잡았다. 페니스를 틀어쥔 손을 천천히 움직였다. 수증기 사이로 희미하게 푸른빛이 보였다. 마치 흐린 하늘에 떠 있는 별 같았다. 나는 눈을 감았다. 블리의 매끈한 몸이 선명했다. 술잔을 향해 벌어지던 블리의 입술을, 가는 목덜미를 생각했다. 블리를 끌어안고 그녀의 입속 깊은 곳에 혀를 넣고 싶었다. 상상 속의 블리가 다리를 벌리기도 전에 나는 이미 발기했다. 곧 신음이 나왔다. 물이 미지근하게 식어갔다.

오빠는 정말 아무것도 모르는구나.

주영은 핸드폰을 바닥으로 내던졌다. 푹신한 잔디 속으로 푹, 하고 핸드폰이 처박혔다.

왜? 뭐?

나는 영문을 알 수 없었다. 여름휴가 얘기와 아직 가보지 않은 여러 개의 목적지들이 오갔다. 그중에서 파리, 거기에 이런 공원이 있다고 했다. 여름에 가면 거대한 불꽃놀이를 볼 수 있는 튈르리 공원. 나는 그저 고개를 끄떡였을 뿐이다. 그리고 그 순간 어떤 냄새가 훅, 하고 풍겨왔다. 뭔가가 썩는 냄새였다. 나는 얼굴을 찌푸리며 주변을 두리번거렸다. 머릿속에 다시 블리의 말이 토막토막 떠올랐다. 기러기와 나름의 진실, 나의 무기와 주영. 나는 정리되지 않는 질문들에 휩싸여 주영을 멍하게 바라보았다.

나 혼자 가는 휴가냐고!

당연히 같이 가는 거지.

그런데 왜 이렇게 건성이야?

내가 뭘?

비용도 내가 다 낸다고 했잖아!

아니, 비용이 문제가 아니라. 그런데 진짜 무슨 냄새 나는 것 같지 않아?

야!

늦은 오후의 빛이 느릿느릿 나무와 나무 사이를 훑고 지나고 있었다. 무엇인가 자꾸만 복잡해지는 느낌이었다. 내가 알고 있는 것이 하나도 남지 않은 기분. 생을 통틀어 의미 있는 것은 고작 발기하고 사정하는 것밖에는 없는 것 같았다. 그럼에도 불구하고 나는 여전히 변명하고 싶지 않고, 화를 내며 싸우고 싶지 않았다. 나는 토라진 주영의 뒤통수를 가만히 응시했다. 그리고 주영이 웅얼거리던 단어들을 하나씩 복기했다.

튈르리 공원과 호텔 브런치. 빨간색과 하얀색이 교차한 선베드와 코코넛 향이 나는 태닝 오일.

나에게 필요한 것은 어쩌면 이런 것들일지도 몰랐다. 나는 주영의 머리를 쓰다듬으며 말했다.

사랑해.

뭐?

내가 너를 사랑한다고.

갑자기?

어.

언제부터?

지금부터 막.

작가답게 얘기해줘.

지금 막 빛을 뿜는 별이 있다면 지금 너는 그 빛을 볼 수 없지. 그 빛은 4백 년 후에나 볼 수 있는 빛이야.

누가 먼저랄 것도 없이 나와 주영은 입술을 포갰다. 그것은 어떤 사이도 되지 않기 위한 입맞춤일지도 몰랐다. 모든 게 부질없다는 생각과 동시에 느닷없는 희망이 솟구쳤다.

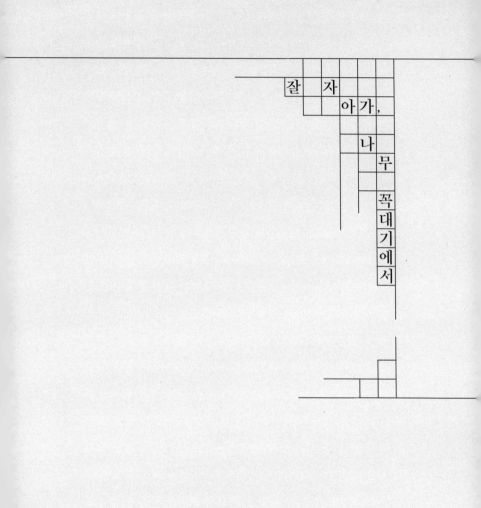

잘　자
　아가,
　　나
　　　무
　　　꼭대기에서

젖이 나왔다.

불투명하고 진득한 액체가 유두 끝에 매달려 있었다. 규림은 링거 줄과 소변 주머니를 몸에 달고 그것을 봤다. 간호사의 지시대로 시계 방향으로 다섯 번, 반대 방향으로 다섯 번, 가슴 마사지를 반복하고 있을 때였다.

호우, 호우, 호! 메리크리스마스!

갑작스러운 TV 소리가 병실을 채웠다. 화면에는 지구 반대편 시드니의 크리스마스 풍경이 펼쳐지고 있었다. 바지를 반쯤 접어 올린 산타클로스와 비키니 여자들, 야자수 트리와 캐럴송. 그런데 젖, 하고 규림은 이국의 풍경을 보듯 자신의 가슴을 응시했다.

아기는 택배처럼 배달되었다. 매일 비슷한 시간에 상자처럼 생긴 플라스틱 수레에 실려 왔다. 고요한 아기의 얼굴을 볼 때마다 규림은 속은 기분이 되었다. 규림이 상상했던 신비감과 숭고함은 자신이 겪은 고통과는 아무런 상관이 없는 것처럼 느껴졌다. 생식기 주변을 면도할 때 느끼던 수치심에 관해, 질을 쑤시던 의사의 거친 손놀림에 관해, 뼈가 벌어지고 음부가 찢기는 무자비함에 관해 규림은 들은 바가 없었다. 벌어진 다리 사이로 거대한 무엇이 왈칵 쏟아져 나올 때, 규림은 스스로를 그저 한 마리 짐승으로 느꼈다. 그러나 그런 것은 아무래도 괜찮았다. 이미 지나갔고 다시 겪지 않으면 될 일이었다. 하지만 아기의 얼굴을 보면 솟아나야 마땅한 기쁨과 환희, 모성의 감정은 언제쯤 생기는 건가. 규림은 간호사를 향해 뜬금없이 물었다.

아기를 낳으면 뭐가 달라지나요?

젖이 나오지요.

아니, 그런 것 말고요.

간호사는 엉뚱한 질문에 시간 낭비를 하고 싶지 않다는 듯 서둘러 말을 잘랐다.

수유는 빠르면 빠를수록 좋아요. 누워만 있으면 회복이 늦고 모유도 덜 도니까 많이 움직이세요.

때문에 규림은 규칙적으로 병원 복도를 서성였다. 복도 끝이 신생아실이었으므로 자주 그 앞에 서 있었다. 거기 서서 아기 침대에 붙은 자신의 이름을 오래 바라봤다. 여전히 아기의 생김새가 또렷하게 떠오르지 않았다.

연락을 해온 사람들이 있었다. 돌아가신 엄마 대신으로 미역을 보냈다는 옥희 이모가 있었고 드문드문 안부를 주고받던 친구들의 전화가 있었다. 그중 동네 교회의 여집사는 병원으로 규림을 찾아왔다. 규림보다는 규림의 엄마와 친분이 있던 집사는 수유 시간까지 기다렸다가 아기를 위해 축복 기도를 해줬다. 집사는 젖을 물리고 있는 규림의 맨가슴에 손을 얹고 아기의 풍족한 식사가 오래 지속되길 축원했다. 놀란 규림이 손을 뿌리칠 새도 없이 축사는 이어졌다. 하나님의 계획대로, 이제는 규림이 정상적인 가정을 이루고 현명한 어머니로서의 삶을 살 수 있도록 역사해주시라 간곡히 기원했다. 규림은 기분이 이상했다. 누군가 자신의 몸에 압류 딱지를 붙이고 낙인을 찍는 느낌이었다. 느닷없이 설명할 수 없는 적의가 밀려왔다. 규림은 감았던 눈을 부릅뜨고 기도 중인 집사를 노려봤다. 집사가 아멘! 하고 외칠 때, 규림은 젖꼭지를 오물거리고 있는 아기의 입을 가슴으로부터 밀어냈다. 온화한 표정으로 기도를 마친 집사가 규림에게 물었다. 거의 모든 사람이 규림에게 던진 똑같은 질문이기도 했다.

그런데 정말, 결혼은 하지 않을 거야?

지난여름, 임신 사실을 처음 알렸을 때 남자 친구는 흐리멍
덩한 하늘처럼 결혼은 아직, 이라며 말끝을 흐렸다. 까슬하게
일어난 입술의 각질을 손으로 뜯으며 그는 이런 말을 덧붙였
다.

하지만 아이를 낳아 기르는 것은 네가 선택할 일이라고 생
각해.

어째서?

미래는 알 수 없으니까. 너에게는 아이가 필요할지도 모르지.

나에게만?

그걸 잘 모르겠어.

그럼, 우린 어떻게 되는 거야?

아이가 생긴다면 아무래도 좀 진지한 관계가 되겠지.

…….

그래도 나는 네가 현실적인 판단을 했으면 좋겠어.

현실적인 게 뭔데?

랜덤으로 만나는 부모가 개인의 운명에 너무나 지대한 영향
을 미치는 거 같다는 생각 안 해? 아기의 인생을 생각해보면 말
이야.

그의 말에 규림은 조용히 고개를 끄덕였다. 하지만 규림은

스스로를 불행한 사람이라고 생각해본 적이 없었다. 지금도 그랬다. 규림에게는 아기가 생겼을 뿐이었다. 규림 자신의 유년이 그랬듯 아빠 없이 자라는 것은 그렇게까지 불행한 일이 아니었다. 애초부터 남자 친구에게 책임을 강요할 생각은 없었다. 그러나 그의 말대로 아기 때문에 조금 더 진지한 관계가 되는 것은 오히려 규림이 원하는 바였다. 때문에 규림은 최선을 다해보자 마음먹었다. 무역회사의 업무지원팀에서 일하고 있으니 생활비는 그럭저럭 해결될 거였다. 부장의 약속대로라면 얼마 뒤에는 연봉 협상의 기회도 있을 거고. 규림은 인터넷을 뒤져 출산 지원에 관한 몇 가지를 찾았다. 한부모 가정을 위한 지원 목록과 출산 도우미 서비스 등의 내용을 메모했다. 아직까지는 아무것도 나쁠 것이 없었다.

규림은 1층 원무과에 들러서 병원비를 확인했다. 그리고 회사에 전화를 했다. 휴가를 쓰고 싶다는 것과 퇴직금 중간 정산이 가능한지를 물었다. 차장은 부장 핑계를 대며 대답을 얼버무렸지만 휴가는 자기 선에서 어떻게 해보겠노라고 생색을 냈다. 그는 전화를 끊기 전 난감한 듯 웅얼거렸다. 그런데 말이야, 규림 씨, 육아휴직에 자기는 해당 없는 거 알고는 있지? 하고.

막 통화를 끝내고 복도를 지날 때였다. 불임 클리닉 쪽에서 회색 코트를 입은 여자가 걸어왔다. 코트 아래로 화려한 보석 장식이 달린 하이힐이 반짝거렸다. 어쩐지 산부인과 병동과는 어울리지 않는다는 생각을 하다가 규림은 얼핏 한 사람의 얼굴을 떠올렸다. 거리가 가까워지자 규림은 그 여자가 윤희라는 걸 알아봤다. 윤희가 놀란 표정으로 규림을 봤다. 윤희가 퇴사를 하고 거의 5개월 만이었다. 규림과 윤희는 어정쩡하게 서서 인사를 나눴다. 바로 헤어지는 것이 더 어색한 것 같아서 둘은 잠깐 걷다가 휴게실로 들어섰다. TV에는 저녁 뉴스가 방송되고 있었다. 낮게 웅얼거리는 소음을 사이 두고 규림과 윤희는 멀찍하게 마주 앉았다. 먼저 말을 꺼낸 쪽은 규림이었다.

저 아기를 낳았어요.

그런 것 같네.

규림은 달리 할 말을 찾지 못하는 윤희에게 가볍게 웃으며 말했다.

아기는 낳았는데, 결혼은 안 하려고요.

규림은 곧 그렇게 말한 것을 후회했다. 윤희가 어떤 말도 하지 않고 빠르게 눈을 깜빡였기 때문이다. 곤란할 때 보이는 윤희만의 표정임을 규림은 잘 알고 있었다. 그 뒤에는 입술을 앞니로 꼭 문다는 것도. 윤희는 잠시 무언가를 망설이다 말했다.

나는 검사를 받고 왔어. 시험관 아기.

짧은 대답과 동시에 규림과 윤희는 서로의 얼굴을 물끄러미 바라봤다. 조금 어두운 조명 아래로 윤희의 눈가에 얇은 주름이 잡혀 있었다. 이번에는 규림이 어색한 듯 미소를 짓자 윤희가 가방에서 뭔가를 꺼냈다.

감기 예방 사탕이야. 수유할 때 약은 안 되니까.

윤희가 사탕 종이에 자신의 바뀐 전화번호를 적어 규림에게 건넸다.

혹시, 내가 필요하면 꼭 말해줘.

규림은 그런 윤희의 모습이 익숙하면서도 낯설었다. 그러나 규림은 아무것도 묻지 않고 고개를 끄덕였다. 둘 사이에 다시 침묵이 고였다. TV 화면을 응시한 채 뉴스를 보고 있었지만 규림과 윤희는 각자 다른 생각에 잠긴 듯 보였다. 뉴스가 끝나자 둘은 별다른 약속 없이 헤어졌다.

밤이 되면 아기가 울었다. 자주 크게 울었다. 누구도 깨어 있지 않은 밤, 아기가 울면 규림은 곧장 옷을 걷어 올렸다. 아기가 젖을 물면 규림은 반쯤 떴던 눈을 다시 감았다. 그사이 옆에서 자던 남자 친구는 이불을 말아 쥐고 소파로 자리를 옮겼다. 한 사람이라도 제대로 잠을 자는 것이 두 사람의 생활에 합리적이라는 나름의 합의가 있었다. 그러나 합의는 얼마 뒤 갑작스러운 통보로 바뀌었다. 중요한 프로젝트를 맡았다는 남자 친구는 지방의 소도시에 머물며 지원 업무를 하게 되었다고 말했다. 좋은 기회인 동시에 정확한 기약이 없는 일이라고도 했다. 거의 이별 통보에 가까운 그의 말을 들으며 규림은 어렴풋 깨달았다. 자신이 끝내 아이를 낳은 것은 그의 불확실한 태도에 자신의 운명을 건 사건이었다는 것을. 규림은 그 사실을 잊기 위해 아기가 젖 빠는 소리에 귀를 기울였다. 울음의 의미를 확인하려고 노력했고 아기의 입 속에 감춰져 있을지 모르는 희망들을 상상하려고 애썼다. 그것은 아직 정하지 못한 아기의 이름과 연결되었다.

믿음이. 소망이. 사랑이.

그러나 규림은 고개를 저었다. 이상하게도 희망을 품은 이름들은 하나같이 연약한 느낌을 주었다. 젖을 빠는 소리도, 칭얼거리는 소리도, 뒤척이는 소리도 들리지 않으면 이번에는 규림이 울기 시작했다. 우는데 달래주는 사람이 없어서 규림은 자주 더 크게 울었다. 왜 울지? 생각했지만 딱히 이유가 떠오르지 않았다. 그런 때의 기분은 끝을 모르고 무섭게 가라앉는 것 같았다. 그 뒤에는 어디에도 발이 닿지 않는 것처럼 헛헛함이 밀려왔다. 배가 고픈 느낌과 비슷했고 그때마다 치킨이 생각났다. 양념 반, 후라이드 반. 새벽에 배달된 치킨을 허겁지겁 먹었다. 규림은 이런 증상을 산후우울증이라 여겼다. 다들 한 번은 겪는다는 그것이 가장 현실적인 결론이었다.

새벽이었지만 규림은 집사의 말대로 수유 기도를 했다. 기도가 규정처럼 느껴졌고 어기면 불행한 일이 벌어질 것 같았다. 수유를 마쳤는데도 아기가 칭얼거렸다. 다시 젖을 물려보았지만 소용없었다. 다급히 기저귀를 살폈다. 열을 재보니 정상이었다. 아기는 급기야 온몸을 빳빳하게 세우고 경련하듯 울음을 터뜨렸다. 울음소리는 갈수록 위험한 경고음처럼 느껴졌다. 그때까지도 규림은 자신의 가슴에서 일어난 일을 알지 못했다. 자지러지는 아기 때문인지, 우울증 때문인지 난감해진 규림의 얼굴이 벌겋게 달아올랐다. 그나저나 몸도 좀 이상한데, 하고 느낀 것이 어젯밤이었다. 되짚어보니 알 수 없는 열감이 진작부터 규림의 온몸을 휘감고 있었다. 팔을 들어올릴 때마다 가슴과 등이 욱신거렸다. 규림은 통증 부위를 손으로 더듬거렸다. 가슴이 딱딱한 돌덩이 같았다. 식은땀이 흘렀다. 난생처음 느끼는 통증이었다. 덜컥 겁이 났다. 규림은 어둠 속에서 핸드폰을 더듬거렸다. 등과 배를 점령한 통증이 다리로 향하고 있었다. 규림은 겁에 질린 채로 핸드폰에 저장된 이름들을 살폈다. 수십의 이름이 미끄러지듯 화면을 스쳤다. 덜덜 떨리는 손끝에서 이름 하나가 흔들렸다. 양윤희. 문득 그녀의 말이 떠올랐다.

혹시, 내가 필요하면 꼭 말해줘.

그 순간 규림의 손이 충동적으로 움직였다. 이윽고 그녀의 이름이 긴 신호음으로 바뀌었다.

규림이 윤희를 처음 만난 것은 5년 전이었다. 규림이 무역 회사에 입사했을 때, 윤희는 경영지원팀의 4년 차 차장이었다. 회사의 직원 수가 십에서 이십, 이십에서 삼십으로 늘어가던 무렵이었다. 윤희는 늘 직접 나서서 일을 해결했다. 각 부서의 영업비용을 관리하는 일, 계산서를 발행하는 일, 매출 자료를 받아 세무 업무를 정리하는 일. 직원들의 민원을 들어주는 것도 윤희가 맡은 중요한 업무 중 하나였다. 규림의 눈에 그런 윤희는 완벽해 보였다. 일 잘하고, 예쁘고, 독특한 취향으로 눈길을 끌었다. 그러면서도 모두에게 친절한 사람. 규림은 자신과는 정확히 대칭되는 지점에서 윤희를 떠올렸다. 오페라 감상이나 독서의 취미를 가진 부모나 요리를 도맡아 하는 남편. 북유럽 스타일의 세련된 거실에 식물이 자라는 침실 같은 것. 윤희는 그냥 예쁘고 친절한 여자가 아니라 뭔가 중요한 것을 아는 사람 같았다.

함께 회식을 한 날이었다. 숱이 많은 머리를 하나로 묶은 윤희는 잔잔한 꽃무늬 블라우스에 앞코가 뾰족한 하이힐을 신고 있었다. 규림을 옆에 앉힌 윤희는 다정스럽게 물과 젓가락 등을 챙겨주었다. 회사에서 가장 작은 부서의 회식이라 그것은 조촐한 저녁식사에 가까웠다. 윤희는 벌집 모양이 나 있는 삼겹살을 구워 규림의 접시에 하나씩 놓아주었다. 이런저런 이야기들이 오갔다. 회사의 독특한 운영 방식과 그간 경영지원팀을 스쳐 간 사람들의 일화, 구내식당의 인기 메뉴와 근처에서 가장 저렴한 커피숍 정보 같은 것들이었다. 회식 자리의 이야기는 자연스럽게 몇몇끼리의 사담으로 이어졌다. 규림은 윤희가 광고회사에서 근무하다 이직한 것을 알게 되었다. 그 회사에서 만난 사람과 결혼했다는 것도, 그 남자와 결혼한 이유가 이상하게 부서가 다른데도 자주 마주쳤기 때문이란 것도 알았다. 결혼을 해서 부부가 되면 같은 회사에 다닐 수 없다는 것은 처음 듣는 얘기였다. 그때 윤희의 나이가 서른둘. 회사를 옮기기에 애매한 나이였다. 그러나 회사를 옮긴 쪽은 자신이라고 말했다. 아이를 가져야 하고, 지금도 노력 중이라고 말을 얼버무린 윤희는 어딘지 서운한 얼굴로 규림에게 물었다. 아무래도 그게 맞지 않겠느냐고.

그날 집으로 돌아오면서 규림은 윤희가 하이힐을 모으는 취미가 있다는 사실도 알았다. 규림은 또각또각 정확한 발소리를 내는 윤희의 하이힐을 내려다봤다. 어딘지 아기를 갖고 싶어 하는 사람과는 대조적인 느낌을 주었지만 동시에 가파른 높이를 드러낸 윤희의 발등에 자꾸만 눈길이 갔다.

그런 구두가 얼마나 많아요?

남편 몰래 숨겨놓은 것들까지 하면 너무 많지.

구두를 숨겨요?

응. 남편이 싫어하거든.

윤희는 어떤 의식을 치르듯 구두 앞코를 까딱거리며 말했다.

나는 하이힐을 숨기고, 그 사람은 주사를 놓지.

규림은 이건 또 무슨 말인가 싶어 윤희를 봤다.

남편이 아침마다 내 배에 주사를 놔준다고.

네?

호르몬 주사. 남편이 아이를 많이 원하거든. 하이힐은 임신 초기에 위험하니까 싫어하고.

윤희는 가볍게 웃으며 말했지만 어딘지 감정적인 동요가 이는 것 같았다. 규림은 윤희의 입가에 떠도는 표정을 가만히 응시하다 문득, 이렇게 말했다.

꼭 그래야 해요?

규림은 어딘지 화가 난 사람처럼 물었다. 규림 스스로도 당혹스러울 정도였다.

꼭 그래야 하냐니? 때가 되면 아기를 갖는 게 당연하잖아.

규림은 다른 대답을 기대했지만 윤희는 별다른 말없이 앞서 걸어갔다. 그러다 멈춰서 이렇게 말했다.

엄마가 되는 것도 사회생활 같은 거야.

규림은 더는 아무것도 묻지 않았다. 다만 천천히 걷는 윤희의 구두 소리에 맞춰 그녀의 뒤를 따랐다. 사무실 안을 바쁘게 또각이던 윤희의 발소리가 떠올랐다. 병원이나 시댁으로부터 온 전화를 받을 때마다 다급하게 조용한 곳을 찾는 발소리. 윤희가 복도에서 통화하던 모습이, 인사하듯 고개를 숙이고 한쪽 손으로 입을 가린 채 '어머니'와 '네, 어머니'를 반복하던 것들이 기억났다.

이토록 특별한 사람이, 왜.

규림은 윤희가 속마음과는 다른 말을 하고 있다는 생각이 들었다. 어쩌면 그런 모습을 알아차린 유일한 사람이 자신일지도 모른다는 생각도 했다. 윤희를 진심으로 위로해주고 싶은 마음이 일었다. 규림은 윤희의 등 뒤에 대고 조용하게 속삭였다.

혹시 말이에요, 내가 필요하면 꼭 말해주세요.

하지만 왜.

가슴에 맺힌 젖망울을 손으로 더듬거리던 규림은 거기서 생각을 멈췄다. 돌이켜보면 윤희가 유난히 하이힐을 좋아하던 것과 임신을 위해 오랫동안 병원에 다녔다는 것 말고는 아는 것이 없었다. 하지만 자그마치 3년이 넘는 시간이었다. 둘은 잘 지내왔고 나름의 의미도 있었다. 거의 매일 붙어 점심을 먹고 차를 마셨다. 립글로스도 나눠 쓰고 생리대를 빌리는 사이였다. 때문에 규림으로서는 어떠한 통보도 없이 회사를 그만둔 윤희를 이해할 길이 없었다. 퇴직금 정산을 위해 회사에 들렀다는 얘기를 들었을 때도, 더 좋은 조건으로 이직했다는 소문이 돌았을 때도 윤희는 끝내 규림에게 전화 한 통 하지 않았다. 마치 노트북을 포맷하듯 윤희는 규림을 지운 듯했다. 어쩌면, 혹시, 자신의 임신 사실을 고백한 탓일까. 규림은 그 생각으로 오랜 시간을 보냈다. 그게 아니라면, 왜. 도대체 왜.

그러나 그럼에도 불구하고, 통증으로 멍해진 규림의 머릿속에는 윤희의 말이 떠돌았다. 혹시, 내가 필요하면 꼭 말해줘, 하던. 규림은 정리되지 않은 심정으로 핸드폰 너머의 윤희에게 말했다.

나 도움이 필요해요. 여긴 아무도 없고요.

그 새벽, 윤희는 순순히 집으로 오겠다고 대답했다. 의외의 대답을 듣고 당황한 것은 오히려 규림이었다.

이른 아침, 규림의 집을 방문한 윤희는 부스스한 모습이었다. 가리지 못한 피로가 화장 위를 겉돌고 있었다. 윤희는 운동화를 가지런히 벗어놓고 집 안으로 들어섰다. 운동화라니. 규림은 잠시 의아한 얼굴로 윤희를 봤다. 윤희에게서 찬 바람 냄새가 났다. 늘 풍기던 열대과일 향 같은 건 느껴지지 않았다.

죄송해요. 새벽인 것도 생각 못 하고 전화했어요.

아니야. 나도 마침 잠이 안 왔어.

너무 아파서 정신이 없었는데, 전화번호를 보다가 그만…….

규림은 자신이 느낀 통증에 대해 이야기했다. 처음 경험해보는 통증이었고 자신이 알고 있는 모든 방법을 동원했지만 아무런 소용이 없었다고.

잘했어. 안 그래도 궁금했어. 규림 씨도 아기도.

올 수 있다고 해서 놀랐어요. 옮기신 회사는요?

그만뒀어.

왜요?

…….

윤희는 그때나 지금이나 비슷비슷하게 살고 있다고 했다. 아침마다 배에 주사를 놔주는 남편도, 남편 몰래 하이힐을 숨기는 자신도. 아직 잘 안 됐구나, 하는 생각이 들자 규림은 얼마 전에 사 온 유자차가 생각났다. 통증으로 가슴이 얼얼했지만, 윤희에게 뭔가 달고 따뜻한 것을 주고 싶었다. 규림은 차두 잔을 내왔다. 달큰한 유자 향이 방 안을 채웠다. 윤희가 핸드폰을 열며 말했다.

음악을 좀 틀까? 너무 조용하면 이상할 것 같아.

잠시 뒤, 빠르지 않은 피아노 음악이 흘러나왔다. 규림과 윤희는 나란히 앉아서 소곤거렸다. 각자 주말을 보내고 만난 사람들처럼 그거 봤어요, 거기 좋아요, 그건 어때요, 네, 아니요,

하는 종류의 얘기였다. 아기가 잠깐 칭얼거렸고 윤희가 토닥토닥 아기를 달랬다.

얇은 이불 있어? 빨래하기 좋은 것으로.

이불은 왜요?

가슴이 아프다면서. 그거 젖몸살이야. 건드리기만 해도 아프지? 열도 나고. 유관이 막혀서 그렇대. 막힌 걸 뚫어야 하니까 젖이 사방으로 튈 거고. 너무 아파서 마사지 이름이 통곡 마사지래.

통곡이요?

응.

그런데 그런 걸 어떻게 다 아세요?

책도 읽고 동영상도 보고.

그렇게 말한 윤희가 힘없이 웃으며 말을 이었다.

아직 해본 적은 없지만 어려워 보이진 않았어.

잠시 뒤 윤희는 규림이 가져온 이불을 침대 아래에 펼쳤다. 빨래건조대에 널린 수건도 몇 장 가지고 왔다. 수건을 접어 이불 옆에 두고 창의 커튼을 닫아 조도를 낮췄다. 자연스러운 윤희의 행동에 어색했던 분위기가 조금씩 누그러졌다.

여기, 윗옷을 벗고 누워봐.

어색했지만 규림은 윤희의 지시대로 윗옷을 벗고 이불 위에 누웠다.

아기를 가진 친구들한테 가슴 마사지에 대한 얘기를 많이 들었어. 엄마, 남편 할 것 없이 누가 해도 좀 이상하지만 그 고통에 비하면 어쩔 수가 없다며?

천장을 바라보고 누운 규림은 윤희의 말에 눈을 깜빡거렸다. 정말 그랬다. 충분히 이상하고 낯선 분위기였지만 더 이상한 것은 이 모든 것이 지금 천천히 진행되고 있다는 사실이었다. 정말 음악마저 없었다면 어땠을까, 규림은 생각했다. 이윽고 윤희가 가방에서 크림을 꺼냈다. 그것을 조금 떠서 손에 바르고 규림의 한쪽 가슴을 한 손으로 크게 잡아 감쌌다.

이렇게, 이런 식으로 움직이면 지방 알갱이들이 유두로 올라온대.

어설펐지만 가슴을 쓸어 올리는 손이 부드럽고 따뜻했다. 윤희의 손이 움직일 때마다 좋은 향이 났다. 윤희의 손가락에 조금씩 힘이 들어가기 시작했다. 가슴 주변의 묵직한 덩어리가 잘게 부서지는 느낌이었다. 규림은 문득 지금 이 순간의 온기가 자신에게 남아 있는 윤희에 대한 마음도 녹여주었으면 하고 바랐다. 그것은 변명이나 설명을 기대하는 마음과 비슷했다. 사과에 가까운 말일지도 몰랐다. 부드럽게 손을 움직이던 윤희가 들릴 듯 말 듯한 목소리로 속삭였다.

미안해.

잠시 손을 멈춘 윤희는 가만히 숨을 내쉬었다.

그날 이후로 내내 미안하다는 생각을 했어.

규림은 순간적으로 몸을 움츠렸다. 지난 7월이 떠오르자 입덧이 돌아온 것처럼 속이 더부룩했다. 어떤 것도 봐주지 않고 내리쬐던 햇볕과 그 더운 공기 속에 떠돌던 냄새가 되살아났다. 규림은 맹수를 피해 도망 다니듯 가만가만 그 여름을 견뎠다. 잘 먹지도 잘 자지도 못했다. 이윽고 저릿한 통증이 가슴에서 폐로 깊숙이 파고들었다. 가슴 주변을 문지르던 윤희의 손이 유두 밑에 단단하게 뭉친 덩어리로 향하고 있었다. 손에 맺힌 열기가 묵직한 응어리를 잘게 부수는 느낌이 들자 뜻밖의 오한이 몰려왔다. 순간, 윤희의 손가락이 통증의 한가운데를 정확하게 짓눌렀다. 전류처럼 날카로운 통증이 규림의 머리와 발끝을 관통했다.

악! 아악!

통증과 함께 그 여름의 기억이 날카롭게 떠올랐다. 7월, 규림은 윤희를 찾아갔다. 윤희의 퇴사 후 3개월이 지난 시점이었다. 머릿속이 복잡했다. 뭔가를 얘기하고 싶었지만 윤희 말고는 떠오르는 사람이 없었다. 임신 고백 이후, 안부도 묻지 않고 전화번호도 바꾸어버린 윤희를 왜 만나고 싶을까. 규림은 그런 생각을 하며 윤희의 집 앞에서 윤희를 기다렸다. 저녁 무렵, 윤희가 개 한 마리를 끌고 나오는 것이 보였다. 규림은 몸을 숨기며 윤희의 뒤를 따랐다. 윤희가 들어선 개천 공원은 고요했다. 길 양옆으로 허리까지 올라온 풀들이 있었고 아직 식지 않은 볕 아래 날벌레 떼가 점점이 떠다녔다. 윤희는 회사에서 봐오던 것과 다르게 피로해 보였다. 조금 살이 오른 모습이었고 운동화를 신어서 키가 작아 보였다. 고작 3개월이 지났을 뿐인데 3년이나 30년이 지난 것처럼 늙어 보였다. 규림은 마음을 정하지 못한 채로 고심했다. 규림의 임신 사실을 누구보다 가장 힘들게 받아들였을지 모르는 사람에게 이런 식의 만남이 괜찮을까. 이것이 상황을 더 나쁘게 만드는 건 아닌가. 그러는 사이 앞서 걷던 윤희가 문득 걸음을 멈췄다. 윤희가 개의 목줄을 느슨하게 푸는 것이 보였다. 개는 금방이라도 달아날 듯 몸부림쳤다. 바로, 그 순간이었다. 개가 이유도 없이 규림을 향해 맹렬하게 짖기 시작했다. 윤희가 고개를 들어 규림을 돌아봤다.

어색하게 서로를 보던 규림과 윤희는 산책로 벤치에 자리를 잡았다. 윤희가 주스를 사 왔지만 규림은 속이 좋지 않아 한 모금도 마시지 못했다. 잠시 숨을 고르던 규림은 아무런 말 없이 가방에서 사진 한 장을 꺼냈다. 아기의 초음파 사진이었다. 규림은 사진을 내밀면서도 자신의 행동에 아무런 확신이 없었다. 감정을 추스르며 말하려 애썼지만 어깨를 들썩이며 흐느끼느라 내용은 뒤죽박죽으로 엉켰다. 규림의 뺨에 눈물이 흐르기 시작했다. 아기가 이만큼이나 자랐고, 남자 친구는 여전히 결혼 생각이 없고, 아직 그를 좋아하고, 그러느라 시간이 너무 많이 흘러버렸고, 덜컥 겁이 나고, 아무것도 예측이 안 되고. 윤희는 잠자코 규림의 이야기를 들었다. 규림과 사진을 번갈아 보는 표정이 복잡하게 구겨졌다. 오래 침묵하던 윤희가 한숨을 쉬듯 물었다.

왜?

규림은 그렇게 말한 윤희를 빤히 쳐다봤다. 딱딱하게 굳은 표정 어디에서도 규림이 원하는 안도는 찾을 수 없었다. 다시, 윤희가 물었다.

왜? 왜 엄마가 되기로 했어?

규림의 귀에 윤희의 말은 지난 시간의 자신을 벼랑으로 몰아세우는 말처럼 들렸다. 동시에 어떤 얼굴이 떠올랐다. 억세게 질긴 것들로만 이루어진 얼굴. 그것은 모든 정체성을 상실한 채 어머니로만 살게 될지도 모르는 사람의 미래였다. 갑작스러운 비관이 몰려왔다. 규림은 윤희를 빤히 바라보다가 서둘러 작별인사를 했다. 윤희를 만났던 그날 이후 극심한 무기력이 왔다.

이제 규림은 비명 말고는 아무런 소리도 낼 수 없었다. 윤희의 묵직한 손길을 따라 퍼지는 통증이 더는 고통스럽게 느껴지지 않았다. 통증이 익숙해지자 눈물이 흘렀다. 윤희가 눈물을 닦아주며 규림의 얼굴을 물끄러미 봤다. 규림보다 윤희의 얼굴이 더 창백했다.

그 개 기억나?

공원에서 봤던 개요?

응. 규림 씨가 아이를 가진 지 얼마 되지 않았을 때 그 개도 새끼를 낳았어.

왜 이런 얘기를 할까. 규림의 머릿속이 복잡해졌다. 다시 윤희의 이야기가 이어졌다.

보통 밖에서 기르는 개들은 새끼를 낳고 뒤처리도 잘하는데, 집 안에서 기르는 개는 사람 손이 꼭 필요하대. 동물병원에서 그랬어. 새끼 나오는 걸 꼭 지켜봐야 한다고. 혹시 새끼들이 숨을 쉬지 않으면 인공호흡도 하고 심장 마사지도 해야 한다고.

윤희가 잠시 말을 멈추고 숨을 골랐다.

그런데 개가 낳은 새끼들이 움직이질 않는 거야. 의사가 시키는 대로 다 했는데. 결국 살리질 못했어. 좀 울었지. 뭘 아는 건지 개도 눈이 촉촉하고. 그런데 개가…….

규림의 가슴을 누르던 윤희의 손가락 힘이 점차 약해졌다. 가슴을 쓸어 올리고 다시 꾹꾹 누르는 것이 반복됐지만 그것은 의미 없는 동작에 가까웠다. 윤희의 목소리가 가늘게 떨리기 시작했다.

그 개가 말이야……. 내가 우왕좌왕하는 사이에 제 새끼를 먹고 있는 거야. 오독오독 소리를 내면서.

윤희의 목소리에는 이미 울음이 맺혀 있었다. 입술을 꽉 깨문 윤희가 거칠게 숨을 몰아쉬었다.

너무 놀라서 개 입속에 남은 걸 억지로 빼냈어. 개가 막 이를 드러내고 으르렁거리고, 물고. 나는 형체를 알 수 없게 된 핏덩이를 입 속에서 꺼내며 악을 썼지. 그러지 마! 그러지 마! 제발 그러지 말라고.

윤희는 고개를 숙인 채로 흐느꼈다. 땀인지 눈물인지 모를 것이 규림의 가슴 위로 뚝뚝 떨어졌다. 어깨를 들썩이던 윤희가 다시 입을 열었다. 나직한 목소리는 중얼거림에 가까웠다.

나, 규림 씨를 만난 날, 공원에서 그 개를 버렸어.

마침내 윤희의 손이 움직임을 멈췄다. 두 사람 사이에 침묵이 흘렀다. 규림은 끝내 할 말을 찾지 못했다. 규림은 주춤주춤 몸을 일으켜 앉았다. 참담한 기분이었고 그대로 누워 있을 수가 없었다. 대충 옷을 주워 입고 윤희를 살폈다. 무슨 얘기를 한 건지 모르겠다고 중얼거리는 윤희의 얼굴은 그때의 당혹감이 떠오른 듯 어둡고 무거웠다. 규림은 윤희의 손등에 선명하게 남은 흉터를 봤다. 최후의 힘을 끌어 이를 드러냈을 개의 모습이 그려졌다. 규림은 말없이 윤희의 손등을 어루만지며 말했다.

그거 본능이에요. 다른 새끼들이 다칠까 봐 죽거나 약한 새끼를 죽여 없애는 모성본능.

규림의 대답에 윤희는 몸을 떨었다.

나, 사실은 그게 너무 무서웠어.

윤희는 금방이라도 꺾여 무너질 것 같은 표정으로 말을 이었다.

그때 내가 물었지? 왜냐고. 왜 엄마가 되기로 결정했냐고. 사실, 그건 내가 나에게 묻고 싶은 말이었나 봐.

규림은 터질 것처럼 부풀어 오른 가슴을 내버려뒀다. 젖이 조금씩 새어 나오고 있었다. 축축하게 젖은 옷이 비릿한 냄새를 풍기기 시작했다. 뭔가를 얘기하고 싶었지만 규림은 아무 말도 할 수 없었다. 윤희의 말이 규림의 귀를 어지럽게 맴돌았다.

미안해. 정말 미안해.

실은 엄마가 되는 게 너무 두려웠다고, 그 아름다운 포장을 도무지 훼손할 용기가 없었다고, 자백하듯 윤희는 말했다.

윤희가 돌아간 뒤, 규림은 어느 시점부터 사물들을 제대로 볼 수 없었다. 열감과 통증 말고는 모든 감각이 사라지고 없었다. 다만 심장이 뛰었다. 난생처음 느껴보는 속도와 리듬이 온몸을 울렸다. 다른 종의 짐승이라도 된 듯 가슴은 거의 푸른빛에 가까웠다. 규림은 천천히 윤희가 깔아둔 이불을 다시 펼쳤다. 벽을 마주하고 이불 위에 앉았다. 그리고 윤희가 했던 것처럼 손가락으로 가슴을 누르기 시작했다. 손이 닿는 곳마다 딱딱한 멍울이 잡혔고, 사력을 다해 그것을 주물렀다. 가장자리에서 가운데로. 유두 아래에서 유두 끝으로. 누렇고 동그란 알갱이들이 푸르스름한 유두 끝에 점점이 맺혔다. 규림은 그것이 무엇인지 알지 못했다. 그것이 무엇이든 몸 밖으로 꺼내야 한다는 생각뿐이었다.

툭.

순간, 돌부스러기처럼 딱딱한 알갱이 하나가 유두 밖으로 튀어나왔다. 샴페인이 터지듯, 뚫린 구멍에서 젖이 솟구쳐 올랐다. 벽을 향해, 잔뜩 열이 오른 가슴에서 젖줄기가 거침없이 뿜어져 나왔다. 그 순간 규림의 마음속에 아주 또렷한 감정이 일었다. 지금껏 단 한 번도 느껴본 적 없는 슬픔이었다.

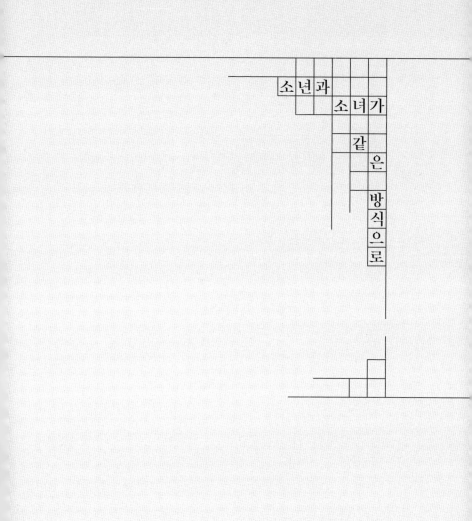

소년과
　　소녀가

　　같
　　　은

　　　방
　　　식
　　　으
　　　로

'브로커를 잘못 만나 오르지도 내리지도 못하고 있어. 제발 도와줘.'

편지는 지난번과 비슷했다. 국제우편으로 지난주에 도착했지만 영도는 오늘에서야 우편함에서 그것을 발견했다. 이런 일은 종종 있었다. 자신의 이름과 주소가 적힌 우편물을 번번이 놓치는 일. 하나원을 나와 대림동에 정착한 지 2년이 넘었지만 아직 영도는 자신의 이름 아래 적힌 모든 것이 낯설었다.

영도는 바로 전에 받았던 편지 내용을 떠올렸다. '네가 지났던 길을 따라가고 있어. 우리는 중국 산둥성에서 모여 베트남을 거치고, 라오스를 지나 태국으로 갈 거래. 곧 악어강도 건너야 한다는데 배가 아주 작대.' 영도는 편지 끝에 적힌 계좌번호를 눈으로 더듬으며 고개를 갸웃했다. 악어강. 악어강이라 불리는 메콩강을 건너며 악어를 봤던가? 영도가 악어인 줄 알고 가슴을 졸였던 것들은 전부 썩은 나무 조각이거나, 쓰레기 더미, 그도 아니면 거대하게 소용돌이치는 물살이었다. 그 강을 건너기 전 매일 밤 꾸었던 악몽까지 떠올려봤지만 영도는 꿈속에서도 악어를 본 적이 없었다. 그렇지만, 소녀 앞에 악어가 나타나면 어쩌지? 나보다는 더 무서워할지도 몰라. 영도는 편지를 쓴 사람이 자신보다 두 살 어린 열일곱 소녀라는 것이 떠올랐다. 그러나 그 외에는 아무것도 알 수 없었다. 사실은 편지를 보낸 사람이 소녀인지 아닌지도 확실하지 않았다. 편지 끝에 '도움을 기다리는 열일곱 소녀가'라고만 되어 있었기 때문이다. 누군가 장난을 치는 것일지도, 사기를 치는 것일지도 몰랐다. 그렇다고 편지를 무시할 수는 없었다. 이름을 알고 있다는 것도 이상했지만 자신의 주소지를 알고 있다는 것이 특히 수상했다. 나를 어떻게 알까. 내가 북에서 온 것을, 산둥성을 거쳐 베트남을 거치고 라오스를 거쳐 태국을 빠져나온 것을. 혹시, 나를 인솔했던 브로커가 정보를 판 것일까. 그러다 마지막에 영도는 영 엉뚱한 결론에까지 이르렀다. 만약, 하나원에서 나를 시험하고 있는 거라면. 결국 영도는 소녀에게 답장을 써보자, 하고 마음먹었다. 그것이 지금 할 수 있는 최선이라고 생각했다.

하나원에서 교육받던 '사상'이라는 게 뭔지, 그걸 어디다 쓰는지 영도는 통 관심이 없었다. 당연히 깊이 생각해본 적도 없었다. 그러나 답장을 쓴다면 그런 것에 대한 입장을 좀 밝혀야 하지 않을까, 영도는 생각했다. 그것은 북쪽에 살 때와 다르지 않다고 여겨졌다. 남쪽으로 왔으니 이곳 사람들이 좋아하는 방식으로 그것을 보여주는 것일 뿐. 게다가 영도처럼 하나원을 출소한 사람들은 뭐든 확실해야 할 필요가 있었다. 분명한 직업과 일정한 거주지를 가지는 것. 명확히 규정되는 인간관계와 확인 가능한 일상을 유지하는 것. 예측 가능한 생활이 증명하는 것은 간단했다. 안전제일. 더는 위험한 존재가 되지 않는 것. 영도는 자신을 이물(異物)처럼 대하는 사람들에게 보여주고 싶었다. 자신은 빨간색을 반대하는 쨍한 파란색이라는 것을. 때문에 영도는 지금 누리고 있는 좋은 것들에 대해 쓰기로 했다. 그는 이 도시에 사는 다른 소년들과 비슷하게 열정이란 것을 보여주기로 마음먹었다. 어쨌든 소녀가 용기를 내어 쓴 편지이니, 소년으로서 그 정도는 할 수 있는 일이 아닌가, 했다.

영도는 병원 이름이 적힌 초록색 환자복을 입고 임상시험 정보실이라고 쓰여 있는 방으로 들어섰다. 영도는 익숙하게 자신에게 배정된 침대로 향했다. 모두 서른 개의 침대가 벽을 향해 다닥다닥 놓여 있었다. 커튼으로 공간이 나누어져 있고 각 칸마다 영도와 비슷한 또래의 남자들이 앉거나 누워 있었다. 영도는 다른 아르바이트에서 이미 만난 적이 있거나 만난 적 없는 얼굴, 아는 것도 모르는 것도 아닌 얼굴들을 가로질렀다. 눈인사를 건넸지만 영도와 눈이 마주친 대부분은 데면데면하게 고개를 돌렸다.

본격적으로 생동성 실험이 시작되는 10시. 간호사들이 혈압, 혈액, 심전도 등을 체크하느라 정보실 안과 밖을 분주하게 들락거렸다. 영도의 혈관에도 굵은 주삿바늘이 꽂혔다. 주사기 가득 검붉은 피가 차올랐다. 혈액 검사가 끝나면 본격적인 실험이 시작되었다. 사람들은 자신의 번호가 불리면 네, 하고 나가서 약을 받아먹었다. 영도는 공복에 먹은 약 때문에 가끔씩 배앓이를 했지만 배고픔을 참는 것에 비하면 그 편이 낫다는 생각을 했다. 온몸이 극도로 예민해질 때도 있었다. 간호사의 손길이 닿기만 해도 온몸의 솜털이 발기하듯 곤두섰다. 그러면서도 잠이 쏟아졌다. 영도는 수면과 각성 상태를 오가며 자신이 받았던 문자메시지를 떠올렸다. '19~35세의 건강한 자' '아르바이트 특성상 쉬는 시간이 대부분'이라는 것과 '친구들과 동반 지원을 환영'한다는 문구들. 사람들이 '꿀바'라고 하는 고액 아르바이트에 자신은 이른바 '실험 적합자'라는 것을. 그 다섯 글자가 적힌 문자메시지를 받고 떠올렸던 어떤 아련한 미래를. 그것은 반나절 뒤 손에 잡히는 미래였다. 밥도 되고 돈도 되는 미래. 영도는 자신이 삼킨 약이 만족스러운 값으로 환산된다는 것에 묘한 쾌감을 느꼈다.

때문에 영도는 작성해야 하는 설문지를 꼼꼼하게 적었다. 적어야 할 것이 많았다. 맥박과 숨소리, 피부의 변화, 잠이 드는 것과 깨는 것, 꿈을 꾸는 것과 아닌 것. 영도는 제 숨소리를 듣고, 쿵쾅거리는 맥을 짚어보고, 손끝과 발끝을 감각하는 일이 나쁘지 않았다. 지나치게 빨리 뛰는 심장 소리를 들으며 피식 웃음을 터뜨리기도 했다. 아, 이런 걸 노동이라고 할 수 있다니. 뭔가를 파지도 쌓지도 않고, 그 밑에 깔려 다치거나 죽지도 않는 일이라니. 먼지와 오물을 뒤집어쓸 필요도, 배를 곯거나 앓을 일도 없는. 정말이지 이렇게 쉽게 먹고살 수가 있다니. 그러면서 영도는 문득 궁금했다. 그런데도 여기 사람들은 어째서 그렇게 쉽게 지치고 아프다고 하는 걸까.

생각해보니 북한에 있을 때 영도는 아픈 사람을 본 적이 별로 없었다. 열두 살 무렵부터 돌격대에서 잔뼈가 굵은 그가 마주친 사람 대부분은 그와 같은 사람들이었다. 몸이 가진 것의 전부인 사람들. 그런데 그 사람들은 왜 아프지 않았지? 이 새삼스러운 의문은 영도가 최근에서야 든 생각이었다. 돌격대 사람들에 비해 여기 남쪽의 사람들은 대부분 어딘가가 불편하거나 아팠다. 척추가, 무릎 관절이, 손가락 마디마디와 꼬리뼈가. 하다못해 잠이 오지 않아 아픈 사람들과 너무 먹어서 아프다는 사람들이 부지기수였다. 그런 사람들을 떠올리는 영도의 팔에 다시 주사기가 꽂혔다. 간호사는 기계적인 표정으로 바늘을 찔러 넣고 피를 뽑았다. 따끔했지만, 역시 아픈 것은 아니었다. 그건 단지 참을성을 요하는 일 정도였다. 나는 돈을 받지 않는가. 40만 원. 한 번에 벌기 쉽지 않은 큰 돈.

팔에 난 바늘구멍을 내려다보던 영도는 다시 함영의 돌격대를 떠올렸다. 맞아. 왜, 없었지? 아픈 사람들, 하고. 그러다 아픈 사람들 대신에 죽은 사람들이 생각났다. 그곳에서는 사람의 아픔은 죽음과 직선으로 연결되었다. 애초부터 허약한 사람들은 얼굴을 익히기도 전에 사라졌다. 허망하다는 말을 꺼낼 겨를도 없이, 그들은 무너진 벽돌처럼 사지가 굳은 채 버려지곤 했다. 그러면 사람들이 뭔가 잘못을 이르듯 1041번 동무가, 3501번 동무가 죽었습니다, 했다. 영도의 머릿속에 장작개비처럼 까칠하게 마른 시체들의 모습이 스쳤다. 영도는 그때마다 기도했다. 종교가 없어서 어디를 향한 것인지 확실하지는 않았다. 실은 스스로에게 하는 것이나 다름없는 기도였다. 함께 시체를 옮기던 돌격대 동무들은 지금 어디에 있을까. 영도는 낮에 받은 편지를 다시 떠올렸다. 가슴에 불길이 일 듯 명치가 뜨거웠다. 소녀. 그 소녀를 구할 사람은 나밖에 없지 않을까. 영도는 침대 옆에 걸어둔 가방을 가져와 뒤적거렸다. 머릿속이 어지러웠다. 소녀는 지금 어디에 있을까. 사막을 가로지르고 있으려나. 메콩강은 무사히 건넜으려나. 그런 딱한 사람들이 돈을 보내달라고 하는데. 나는 더 악착같이 벌어야 하지 않나. 끝말잇기처럼 이어지는 질문들 속에 영도는 분명한 생각 하나를 붙잡았다. 어쨌든 싫다, 하고. 그 먼 곳에서 강을 건너고, 밀림을 헤치고, 사막을 가로지르는 사람이 누구든 더는 죽거나 다치는 것은 싫다. 이것이 사기인지 아닌지 짐작도 할 수 없지만 싫다. 어쨌든, 아무튼.

저기요, 괜찮아요?

옆 침대에 앉아 있던 청년이 말을 걸어왔다. 영도는 가방을 뒤적이다가 놓쳤고 병실 바닥에 가방 안에 들어 있던 물건들이 와르르 쏟아졌다. 핸드폰과 낡은 수첩, 가죽 테두리가 떨어져 나간 지갑과 아직 뜯지 않은 쥐약. 바닥에 떨어진 물건들을 내려다보는 청년의 눈이 쥐약 봉지에서 의아하다는 듯 돌변했다. 영도는 서둘러 가방 안에 물건들을 욱여넣었다.

아, 편지를 좀 쓰려던 참입니다.

청년이 여전히 의심스러운 표정으로 고개를 끄덕였다. 안면이 있는 얼굴이었다. 지난번에도, 지지난번 생동성 실험에도 봤던 얼굴. 검붉은 피부에 긴 얼굴, 두꺼운 테두리 안경을 쓴 청년. 매번 옆 침대를 배정받았지만 대화는 처음이었다. 다들 무엇인가를 밝히기 꺼리는, 숨기려는 분위기 속에서 대화는 오히려 어색했다.

저는 그쪽을 알아요.

저를요?

네. 이번이 세 번째죠?

청년은 낮에는 이 일을 아르바이트로 하고 밤에는 시나리오를 쓴다고 말했다. 자신은 오직 마음이 원하는 일, 시나리오 작가가 되는 것을 목표로 살고 있다고 고백하듯 속삭였다. 그렇지만 지금은 1050번 마루타라고.

마루타요?

마루타, 731부대, 생체실험 몰라요? 근데 오늘은 약이 좀 세네요.

그는 이번에는 늘 하던 비아그라 테스트가 아니라 진통제 쪽을 택했다는 말도 덧붙였다. 비아그라보다 돈을 두 배 더 준다고 했다. 영도의 눈이 반짝거렸다. 그 눈빛을 알아챈 청년이 말을 이었다. 그런데, 이건 부작용이 있다는 게 함정이라고. 청년은 지금 자신의 몸에 일어나는 모든 증상을 이렇게 함축했다. 잔류효과. 멍하고, 어지럽고, 손발이 떨리고, 말이 많아지고. 때문에 자신이 혹 실언을 하더라도 그것은 분명히 잔류효과 탓이라고 했다.

청년의 잔류효과는 이랬다. 죽이는 시나리오를 쓰고 싶은 것이라고 했다. 찌르고 가르고 쪼개고 부수는 잔인하면서도 재미있는 영화를 만드는 것이라고 했다. 자신의 뿌리는 분노라고도 했다. 그건 언어로는 번역이 되지 않는 것이라고도 했다. 불가해한 분노를 꼭꼭 눌러 담아 이해 가능한 이미지로 풀어내는 일이야말로 자신이 하고 싶은 거라고 중얼거렸다. 가르고 쪼개고 분노하는 게 재미있을 수 있나요? 영도가 물었을 때, 그는 뜬금없이 자신은 만 25세의 건장한 대한민국 군필자라고 말했다. 미래의 잉여 인간이 될 건데 건강은 오지게 좋아서 백 살 넘게 살지도 모른다고. 이 사태를 어떻게 하냐고 한탄했다. 울기 시작하는 건가, 했더니 미친 듯이 웃고 있었다.

그의 잔류효과는 꽤 오랜 시간 지속되었다. 억지로 침대에 눕혀진 청년은 팔을 뻗어 허공 어딘가를 손가락으로 가리키며 내가 되게 무서운 얘기 하나 해줄까요, 했다.

원래 이 실험실이 있던 자리가 편의점이었어요. 편의점.

아, 네.

근데 그 전에는 웨딩홀이었거든요. 그리고 그 전에는 커피숍이었고.

그게 왜 무서워요?

그게 안 무서워요? 내가 몇 년째 귀신처럼 이 건물에서만 뱅뱅 돌고 있는데?

아, 그런가요?

아니다. 그래도, 아무리 그래도, 진짜 무서운 건 따로 있지.

뭔데요?

기념일요. 여자 친구랑 백일. 핸드폰 비가 3개월이나 밀렸는데, 씨발. 선물을 어떻게 사지?

청년의 목소리가 흐느낌으로 바뀌었다. 그제야 영도는 고개를 끄덕였다. 그리고 안도했다. 비아그라 복제약을 택한 것이 훨씬 나은 선택이었다고 확신했다. 뭐니뭐니 해도 정신을 바로 세우지 못하는 것보다는 아랫도리가 자주 서는 게 훨씬 더 낫다는 생각이었다.

영도는 지하철역을 빠져나와 걸으며 고개를 갸웃거렸다. 나의 집은 대림동에 있어, 하고 편지에 쓸 첫 문장을 고민하고 있었다. 그러나 곧 '집'이라는 단어를 떠올릴 때 자신의 방 창문을 가로질러 붙어 있는 고시'텔'이라는 글자가 마음에 걸렸다. 열 수 없는 창문이고, 열 수 없으므로 그것은 무용지물이었다. 창문이 없는 네모난 상자를 과연 '집'이라고 부를 수 있을지.

대림동의 고시원은 하나원에서 만난 사람에게 소개받았다. 영도는 집값이 싸다는, '우리 동무들'이 많이 모여 산다는 대림의 골목골목을 돌아다니며 공사장 바닥에 천막을 치던 밤들을 떠올렸다. 찬 바닥에 누워 높은 건물들을 올려다보던 기억. 이불 위로 스멀스멀 올라오던 시멘트 냄새와 새벽 한기에 소스라치며 몸을 일으키던 기억. 대림동의 복잡하게 얽힌 골목들은 휑한 곳이 익숙한 영도에게는 오히려 아늑한 느낌이었다. 길이 너무 좁아서 막혔구나, 하면 그보다 더 가늘게 뻗은 골목이 나타났다. 여기서 저기는 이어지겠구나, 할 땐 이상하게도 막다른 길이 나타나 걸음을 멈췄다. 대림에서 길을 잘 아는 사람이란 없었다. 살던 사람은 살던 사람대로, 아닌 사람들은 아닌 사람대로 자주 길을 잃었다. 영도는 무엇보다 그 점이 마음에 들었다. 어쩐지 공평한 느낌이었고, 자주 길을 헤매도 억울하지 않았다. 골몰하던 영도는 문득, 자신이 낯선 골목에 들어섰음에 놀랐다.

아, 또 길을 잃은 건가.

눈으로 길을 더듬다가 핸드폰을 열고 지도를 폈다. 좌회전과 우회전, 직진과 멈춤을 반복하며 골목을 빠져나왔다. 골목 끝에 한 노인이 살충제를 수북하게 쌓아놓고 파는 것이 보였다. 골목을 지나던 사람들이 좌판 앞에 서서 물건을 구경했다. 장바구니를 들고 지나던 여자가 쥐약은 있느냐, 바퀴벌레 약은 확실하냐 하고 물었다. 그 옆에 섰던 사람이 다섯 개 만원이면 너무 비싸네, 했고, 다른 누군가는 나는 바퀴벌레 약만 필요한데, 했다. 또 누군가가 그런데 요즘 누가 쥐약을 사요? 하자 노인은 귀찮은 듯 그냥 세 개 5천 원에 가져가요, 했다. 그것을 물끄러미 지켜보던 영도도 바퀴벌레 약과 함께 묶여 있는 쥐약을 집어 들었다. 이걸 정말 쓰게 될까? 고민했지만 영도는 곧 5천 원짜리 지폐 한 장을 노인에게 내밀었다. 그리고 소녀를 떠올렸다. 이건 소녀에게 보내줘야지. 어쩌면 돈이 없어서, 이런 건 준비 못 했을 수도 있어, 했다.

　국경을 넘는 사람에게 극약이 필요하다는 걸 알려준 것은 브로커 캄이었다. 전쟁도 태풍도 아주 끔찍한 가뭄과 홍수도 모두 겪어봤노라고 자신을 소개한 캄의 나이는 짐작하기 어려웠다. 언제는 너무 늙은 것처럼 보이기도 했고, 또 언제는 아주 어린 것 같기도 했다. 그는 잘린 가운뎃손가락을 내보이며 말했다. 북에서 넘어와 팔려 가는 사람과 도로 잡혀가는 사람, 죽은 사람과 반쯤 죽은 사람들을 봐온 것이 셀 수 없다고. 그러나 안심하라고. 자신처럼 노련한 브로커를 만난 것은 보통 운이 좋은 게 아니라고. 그렇게 '그럼에도 불구하고'에서 시작된 자기소개는 '실패의 경우를 생각하자면' 하는 영 엉뚱한 방향에서 마무리됐다. 캄은 탈북 자체가 매우 어려운 일이기 때문에 어떤 극단의 조치가 필요한 순간을 늘 염두에 두어야 한다고 했다. 그러면서 두꺼운 테이프로 겉봉을 가린 상자를 사람들 손에 하나씩 쥐여줬다. 한 봉지에 5백 위안. 목숨을 끊어야 할 일이 생기면 이것이 최선이라는 것을, 효과에 대해서는 두말하지 않겠다고 엄숙한 얼굴로 말했다. 고통 없이, 한순간에 숨을 끊을 수 있는 극약 중의 극약이라는 말에 지갑을 열지 않은 사람이 없었다. 영도도 마찬가지였다. 캄의 말은 모두 이상했지만 그 말만은 전혀 이상하지 않았다. 그러나 딱 한 사람, 기은은 달랐다. 이 씨인지 김 씨인지 기억나지 않는, 소녀 기은. 기은은 그걸 살 돈으로 밥을 한 끼 더 먹겠노라고 캄에게 선언하듯 쏘아붙였다. 그러고는 조용히 영도에게 속삭였다. 자신은 절대 약을 살 돈이 없어서 그러는 것이 아니라고. 스스로 죽음을 택하는 바보 같은 짓은 절대 하지 않을 거라고.

그리고 정말 서른 명의 사람에게는 매일 서른 개의 피치 못할 사정이 생겼다. 국경을 넘는 일은 그런 일이었다. 작고 사소한 일들이 대부분은 나쁘고 위험한 결과로 이어지는 것. 참지 못한 재채기나 새어 나오는 방귀 소리와 위태로운 미래는 쉽게 연결되었다. 그때마다 사람들은 주머니 속의 극약을 만지작거렸다. 그러면서 그 모든 불행이 주머니 속의 약으로 수렴될 수 있다는 것을 다행스럽게 여겼다. 영도는 그때 빈손을 꼭 쥐던 기은에게 감탄했던 기억이 있다. 어떻게 저렇게도 담담할까. 기은은 삶과 죽음 모두에 평등한 감정을 가진 것 같았다. 캄캄한 정글 속에서 나눠주는 주먹밥 같은 균일함. 여자도 남자도, 위도 아래도 없이 모든 것이 마치 하나의 사물을 대하는 것 같았다. 영도는 그래서 더욱 모르겠다고 생각했다. 영도에게 보내는 기은의 눈빛이, 표정이, 말과 행동이 왜 유독 다른 사람들의 것과 다른지.

그러나 영도가 기은에 대해 모르는 것은 하나 더 있었다. 영도를 비롯해 함께 국경을 넘었던 사람들 역시 알 수 없는 것이기도 했다. 사실은 알아야 하는 사람도, 알고 싶은 사람도 없기 때문에 모를 수밖에 없던 것. 기은이 극약을 삼켜버린 이유였다. 기은은 극약을 사지 않은 사람이었지만, 그것을 사용한 유일한 사람이기도 했다. 영도가 기은과 친해 보였다는 이유로 가장 많이 받은 질문도 그것이었다. 기은은 왜 영도의 극약을 훔쳤을까. 왜 다들 자고 있는 밤, 잠도 자지 않고, 어떤 기척도 없이, 돌연 그것을 삼켰나. 그건 정말이지 확실하지가 않았다.

기은의 말 어디에. 영도의 머릿속이 기은의 말들로 가득 차올랐다. 서울에 가면 엄마가 있다고 했다. 엄마가 자리를 잘 잡아놨다고도 했다. 그러면서 열심히 편지를 썼는데, 답장을 받은 적은 없었다. 그것 때문인가? 아니라면 왜? 불침번을 서던 내가 졸지 않았다면 달라졌을까? 단 몇 분이라도 빨리 눈을 떴더라면? 캄의 손에 끌려가는 기은을 못 본 척하지 않았다면 어땠을까? 기은이 몸을 팔고 있다고, 그 조건으로 겨우 탈북 행렬에 합류할 수 있었던 거라고 수군거리는 사람들에게 그 진위를 따져 물었더라면? 그랬다면 달라졌을까? 아니. 아니지. 언젠가 지겨워, 지겨워, 하며 약을 좀 나눠달라던 부탁을 들어줬더라면. 다른 사람들처럼 꼭 쥐고 있을 극약이라도 있었다면 기은은 살아 있었을까?

영도는 고개를 저었다. 기은의 독기 어린 눈빛이 생생했다. 넌 결국 서울에 가지 못할 거다, 강물에 휩쓸려 떠내려가고 숲에서 혼자 길을 잃게 될 거다, 악을 쓰던 기은의 악담과 저주가 떠올랐다. 그런데 그게 왜 나였나. 기은은 왜 내게 그랬나. 영도는 몸을 떨었다. 죽음의 구체적인 형태가 하나씩 그려졌다. 추스르지 못한 팔과 다리, 다 감지 못한 눈, 그 틈으로 흐릿하게 멈춰 있는 눈동자. 무엇보다 테이프가 뜯겨져 나간 극약 상자와 그 위에 그려진 시커먼 쥐 그림. 캄이 효과를 확신했던 극약의 정체는 다름 아닌 쥐약이었다. 죽은 기은을 내려다보며 사람들은 아무것도 하지 않았다. 시체를 옮길 엄두도 내지 않았다. 몇몇이 길옆 덤불 속에 기은을 버렸고, 그곳이 어디인지 기억하는 사람은 아무도 없었다.

그럼에도 불구하고 끝이 있다는 것을 알려준 것 또한 기은이었다. 3년을 산 것도 죽은 것도 아니게 이국을 떠돌아다니던 영도가 열여덟 살이 되었을 때, 배낭을 메고 서울로 향하는 비행기에 오르던 순간, 그는 자신을 둘러싼 한 세계가 끝나고 또 어떤 세계가 시작되는 것을 느꼈다. 이 세계에는 안전벨트가 있고, 기내식이 있고, 불안정한 기류가 있었다. 경계는 명확하지 않았으나 기은이 간 세계에서 조금 떨어져 있는 것만은 분명했다. 서울에 도착해서 긴 조사를 끝내고 하나원에서 퇴소하고 대림동으로 이사한 날, 영도는 딱 한 번 기은을 떠올렸다. 이상한 일이지만 공동으로 사용하는 화장실에 앉아서였다. 차가운 변기에 앉아 있자니 놀랍게도 별다르게 슬픈 감정이 일지 않았다. 그것은 그냥 추위 같았다. 영도는 씁쓸한 기분으로 기은을 떠올렸다. 물살이 쎈 강을 건너고 야간열차의 의자 밑에 숨어서 속삭이던 얘기들을 생각했다. 분명하게 떠오르지 않는 비슷비슷한 이야기들. 주로 무엇을 먹고 어디에 살고 어떤 사람이 되고 싶다 했던 것들. 그러다 불쑥불쑥 아랫배가 아파왔는데 영도는 그때마다 힘을 줬다. 뭔가 뜨거운 것이 한 움큼씩 몸속을 빠져나갔다. 영도는 그 일을 통해 정말 무서운 것이 무엇인지 알았다. 인간으로 산다는 것, 그 형태를 유지한다는 것이었다.

쥐약을 들고 선 영도는 혀뿌리가 뻐근함을 느꼈다. 침이 고였다. 이제 영도는 화장실에 앉아서 아르바이트에 대해 생각했다. 월세를 셈하고 밥값을 계산하느라 더는 기은에 대해 생각하지 않았다. 다만 방 안에 누워 잠이 오지 않던 언젠가, 천장을 보면서 이 작은 방을, 상자와 다를 바 없는 이 공간을, 기은은 뭐라고 할까 생각해본 적은 있었다. 영도의 나이는 열아홉 살. 이곳 청년들처럼 영도도 이제 그런 것에 꽤 깊은 슬픔을 느낀다. 그런데, 쥐약이라니. 쥐약 같은 것은 애초에 사지 말아야 했던 게 아닐까? 내게 편지를 쓴 이 소녀에게 이걸 줘도 될까? 정말 이런 것이 유용할까?

영도는 걸었다. 걸으며 이번 달 집세를 빼면 얼마의 생활비가 남는지 계산했다. 점심에 삼각김밥만 먹을 때와 컵라면을 같이 먹을 경우를. 버스나 지하철을 타지 않을 때와 저녁 약속을 잡지 않을 때 같은 것도. 골목의 깊숙한 곳으로 들어서면서 영도는 소녀에게 보낼 얼마에 대해 생각했다. 10만 원, 아니 20만 원은 되어야 하나? 그건 너무 과하지, 하다가 그래도 목숨이 걸렸는데. 돈을 보내지 않으면 소녀는 거기 발이 묶여버릴까? 삼엄한 국경에 걸려 넘어지고 메콩강 한가운데, 무인도 같은 데 갇혀 있으려나? 돈을 보내자면 소녀에게 답장을 해야 하는데, 그래, 아직 편지도 끝내지 않았지. 영도는 그간 소식을 빨리 전하지 못했던 이유는 일이 너무 바쁘게 돌아가서, 라고 써야지 했다. 산을 넘고 강을 건너고 정글을 지나 도착한 서울은 과연 기회의 땅이더라고. 특성상 쉬는 시간이 대부분인 일도 있고, 친구들과 함께하는 것을 환영하는 일도 있다고.

영도는 고시원에 도착하자마자 작은 상을 펴고 낮에 끼적이던 종이를 펼쳤다. 하지만 한참을 고심 끝에 쓴 첫 문장은 '새로운 일을 준비하고 있어서 좀 바빴어'였다. 아무래도 마음에 들지 않았다. 영도는 종이를 꺼냈다. 조금 더 가벼운 인사말을 찾자고 마음을 바꿨다. 그러면서 영도에게 말을 걸었던 옆 침대 '잔류효과' 청년의 말을 떠올렸다. 낮에는 아르바이트를 하고 밤에는 시나리오를 쓴다는 말. 자신은 오직 마음이 원하는 일, 그것을 목표로 살고 있다는 말. 영도는 그 말이 멋졌다. 그리고 '낮에는 아르바이트를 하고 저녁에는 새로운 일을 준비하느라 바빴어'라고 썼다. 이어 '언젠가 내 꿈도 이루어지겠지? 돈도 꽤 벌게 될 거야' 했다. 꿈이라는 단어를 보는 영도의 입꼬리가 슬쩍 올라갔다.

영도는 두 문장을 가만히 보다가 뭔가 힘이 되는 따뜻한 말도 필요하지 않나, 생각했다. 아주 따뜻한 말. 쥐약보다는 힘이 되는 말. 건넬 수 있는 가장 친절한 말. 생각만큼 쉽게 떠오르지 않았다. '건강해' '힘내' 혹은 '곧 서울에서 만나자'와 같은 말을 적어봤지만 모두 지워버렸다. 대신 '너도 꿈이 있지?'라고 썼다. 거기에 '나도 그걸 위해 매일 노력하고 있어' 하고 덧붙였다. 하지만 영도는 이 문장과 다른 문장들을 이어 한 편의 편지를 완성할 수는 없을 것 같았다. 그 뒤로 아무런 말이 떠오르지 않았기 때문이다.

2주가 지나고 영도는 다시 병원으로 향했다. 2차 생동성 실험 아르바이트를 예약해놓았다. 영도는 가방에 미용사 자격시험 문제집을 챙겼다. 기본 검사를 마치고 침대로 돌아와 문제집을 펼쳤다. 공부를 하면 정말, 어쩌면, 어떤 근사한 꿈이 생길지도 모른다는 생각이 들었다.

오늘 또 보네요.

누군가 영도의 어깨를 가볍게 두드렸다. 잔류효과 청년이었다. 여전히 발음이 어눌했고, 아직 잔류효과에서 벗어나지 못한 듯 눈동자가 흐릿했다.

지난번에는……, 실례가, 많았어요.

그러면서 불쑥 초코파이 하나를 영도에게 내밀었다.

북한에서 오셨다니까.

갑작스러운 말에 영도의 뺨이 훅 달아올랐다.

청년은 지난번과 같은 약을 먹었다고 했다. 실은 그것 때문에 일주일쯤 고생했다고도 했다. 이 약이 두통에 얼마나 효과가 있는지 모르겠지만, 아주 심각한 부작용이 있다며 청년은 머리를 긁적였다. 영도는 청년이 그사이 좀 늙은 것 같다는 생각을 했다. 2주 만에 사람이 어떻게 저렇게 달라 보일까.

그러니까, 이 약을 먹으면 너무 솔직해져요.

청년이 주삿바늘 자국이 난 팔을 문지르며 말했다. 영도는 점점 풀려가는 청년의 눈을 응시했다.

저는 말이죠. 아주 성실하게 살았거든요. 그런데도 결국 이렇게 됐지 뭡니까.

꿈이 있다고 했잖아요. 영화를 만들고 싶다면서요.

그러니까요. 제가 그렇게 됐다니까요. 제 자취방이 지하거든요. 방에 창문이 있는데, 거기서 밖을 보면 사람들 발만 보이거든요. 그걸 계속 보고 있으면 꿈에서도 자꾸 발만 나와요. 좋은 구두를 신은 발도 나오고, 하이힐을 신은 발도 나오고, 컨버스 운동화도, 쪼리도 나오고. 다 발이야. 발. 꿈이 참 시시하죠?

그런 꿈은 그냥 개꿈이에요.

참, 그러고 보니 개도 나왔네. 발만.

나도 그런 적 있어요. 매번 꿈에 메콩강만 나왔어요. 꼭 건너야 하는 강이었는데, 악어강이래요, 그 강이. 그런데 악어는 한 번도 안 나왔어요. 차라리 악어가 나왔다면 덜 무서웠을 것 같아요.

그쪽도 엄청 험하게 살았네요.

그런가요?

아휴, 안 봐도 뻔해요. 그쪽 사람들. 밥도 많이 굶었죠?

다 그런 건 아닙니다. 여기도 굶는 사람은 있으니까요.

에이, 그래도 여기랑 비교가 되나. 아무튼 축하해요.

뭘 말입니까?

굶어 죽지 않고 살아 있잖아요.

......

거기선 먹을 게 없어서 사람도 먹고 그런다면서요?

그런 거 본 적 없습니다. 그리고 뭐 여기도 아주 살 만한 건 아닌 것 같은데요.

에이, 거짓말.

거짓말 아닙니다.

네, 뭐. 알겠어요. 이해는 합니다, 무슨 말인지.

뭘 이해합니까?

한다니까요.

뭘요?

뭐긴요. 감사해야 한다는 얘기죠, 그쪽이!

빙글거리던 청년이 화가 난 사람처럼 소리쳤다. 그가 소리치자 영도는 좀 황당한 기분이 되었다. 그래도 영도는 혼자 중얼거리는 청년에게 아무런 대꾸도 하지 않았다. 이해한다는 말과 감사해야 한다는 말 사이 너덜거리는 뭔가를 덧붙이도록 내버려뒀다. 청년은 새는 발음으로 탈북자 새끼들이 너무 많다고 했고, 그것들 때문에 일자리가 없어진다고 했다. 세금이라는 말에 비용이라는 말이 꼬리를 물었다. 중간중간에 '하지만'과 '불쌍하다'는 말이 삽입됐다. 청년은 스스로 진정을 하려는 듯 문득문득 말을 멈추고 심호흡했다.

내가 다 알아, 알면서도 가만있는 거라고! 나보다 더 안된 인간들이니까. 불쌍하니까, 그러니까…….

영도는 침대 위에 놓여 있던 미용사 자격증 문제집을 펼치다 말고 청년이 건넨 초코파이를 노려봤다. 그러고는 바닥에 초코파이를 패대기쳤다.

나는 초코파이 안 좋아합니다.

아니, 이 개새끼가!

불쾌합니다. 초코파이가 초코파이지 뭐 별거입니까?

니네들 좋아하잖아, 초코파이.

아닙니다! 나는 초코파이 싫어하면 안 되는 겁니까?

불쾌해진 청년의 눈이 사납게 돌변했다. 청년의 입에서 처음 들어보는 욕설이 쏟아져 나왔다. 동시에 영도의 뺨으로 주먹이 날아왔다. 영도와 청년의 몸이 엉키는가 싶더니 쿵, 하고 둔탁한 덩어리가 바닥으로 떨어졌다. 무엇인가가 밀리고, 쏟아지고, 찢어지고 부서졌다. 다른 침대의 사람들이 재미있는 일이 벌어졌다는 듯 모여들었다. 곧이어 간호사가 달려왔고, 경비를 불렀고, 경비가 엉킨 영도와 청년을 간신히 떼어놓았다. 횡설수설을 멈추지 않는 청년이 허공을 향해 몇 차례 주먹을 휘둘렀다. 그것을 지켜보던 영도는 엉망으로 찢긴 문제집을 집어 들었다. 종잇조각을 모두 주워 가방 속에 챙겨 넣었다. 몹시 목이 탔지만 물도 마시지 않은 채 병실 밖으로 걸었다. 등 뒤에서 청년의 고함 소리가 들렸다.

야, 이 병신아! 메콩강에 악어 안 살거든!

병원 복도에 앉아 마지막 채혈을 기다리며 영도는 청년이 자신에 대해 안다고 말했던 것들에 대해 생각했다. 그는 무엇을 이해하고 있는 걸까. 쫓기는 것과 떠도는 것들의 세계, 그곳을 빠져나와 내가 닿은 곳에 대해서, 이게 더 나은 세상이 맞는 건지에 대해서는. 영도는 계속 술주정 같았던 청년의 말을 생각하고 또 어느 순간 불쑥 분노했다. 영도의 아랫도리에 뜨거운 것이 몰리기 시작했다. 불뚝거리는 사타구니 위로 영도는 가방을 올려 덮었다. 온몸이 물에 젖은 것처럼 녹아내리며 허물어지는 중에도 홀로 빳빳해지는 것이 있다는 사실이 당혹스러웠다.

영도가 마지막으로 뜯어본 편지에는 '악어강의 악어에게 팔을 물렸어'라고 적혀 있었다. '하지만 몸은 아직 견딜만 해' 하고. 영도는 메콩강의 악어들을 떠올리며 놀랐지만 이내 담담해졌다. 그리고 더 이상 악어를 상상하지 않았다. 여전히 그 강에서 악어를 본 사람이 수십이라고 했고, 물린 사람, 물려죽은 사람도 제법이라는 소문이 들려왔지만. 대신에 텔레비전에서 들은 심리 전문가의 말을 떠올렸다. 심리적 공포라든가 불안증과 같은 것. 영도는 소녀의 편지를 소리 내서 읽었다. 몸은 아직 견딜 만해, 몸은 아직 견딜 만해, 하고. 그 뒤로 소녀에게 온 편지들은 우편함에 쌓이다가 버려졌다. 소녀는 메콩강을 무사히 건넜을지도 모를 일이었다. 진짜 악어를 봤을 수도, 물렸을 수도 있지만 이제 그것은 자신과 무관한 일이었다.

그 뒤로도 영도는 아르바이트를 계속했다. 병원 앞 횡단보도 앞에 서 있던 영도는 코를 팽 하고 풀었다. 아직 사그라들지 않은 아랫도리가 얼얼했다. 악어 꿈 같은 것은 꾸지 않았고, 쥐약을 들고 다니지도 않았다. 여전히 꿈을 갖는 일은 근사하다고 생각했지만 이루고 싶은 목표가 생긴 것은 아니었다. 영도는 아르바이트를 하다가 자주 아팠고, 아파서 병원에 갔다. 병원에 가기 위해 얼마의 빚을 지고 빚을 져서 아르바이트는 하나에서 둘, 둘에서 셋이 됐다. 아르바이트는 늘 영도의 꿈보다 한 걸음 앞에 있었다. 그때마다 영도의 게으름을 탓하는 사람들은 모두 비슷한 조언을 했다. 아프기 전에 조심했어야 했다고. 예방이 안 됐다면 참아야 했고, 참지 못할 거라면 애초에 이 세계에 발을 들여놓지 말았어야 했다고. 그들의 얘기를 듣다 보면 세상은 이렇게 살아갈 수밖에 없고, 그건 어쩔 수 없는 일처럼 보였다. 그러나 영도는 아무것도 내색하지 않았다. 여기는 공평한 세상이고 아직 건너야 할 다른 세상은 발견하지 못했으니까. 하지만 아주 없을까? 신호등을 올려다보며 영도는 중얼거렸다. 그리고 비행기를 타는, 어떤 산을 넘거나 강을 건너는 상상을 했다. 어딘가에 다른 세계가 있을지도 몰랐다. 영도는 고개를 돌려 주변을 두리번거렸다. 잠시 뒤 신호등이 파란불로 바뀌었다. 사람들 무리에 섞여, 영도가 길을 건넜다. 무리로부터 점처럼 멀어져 갔다.

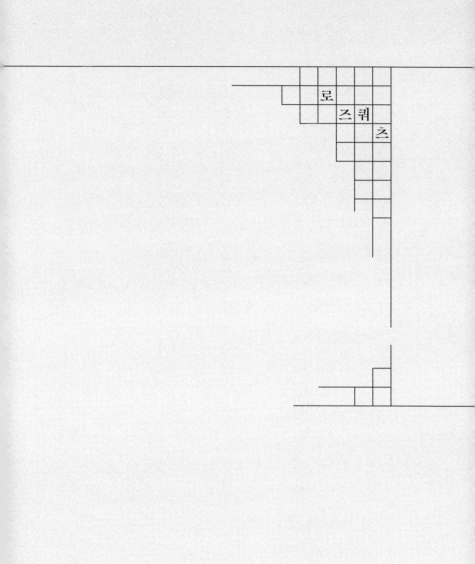

서류를 미리 준비해두라고 한 것은 병원 원무과 직원이었다. 거무스름한 입술을 가진 남자는 위로를 건네듯 조심스럽게, 당사자가 사망하면 서류 발급이 복잡해진다고 일러주었다. 아버지는 불같이 화를 냈지만 나는 화가 나지 않았다. 그의 말이 오히려 타인에게 베푸는 친절처럼 느껴졌다. 엄마는 절대 죽지 않을 거니까. 똑똑한 의사들이 있고, 심장 대신 움직인다는 최첨단 기계도 돌아가고 있으니까. 울거나 화를 내면 안 된다고 생각했다. 나는 그런 의심이 진짜로 엄마를 죽일지도 모른다고 미신처럼 믿고 있었다. 아무튼 지금은 아니었다. 더 정확히는 준비할 시간이 필요했다. 의사가 까맣게 찍힌 엄마의 뇌 사진을 보여줘도, 블랙브레인에 뇌파 수치 10이

라 뇌사에 가깝다는 선고를 해도 소용없었다. 할 수 있는 것
은 다 했다는 그의 말을 들으면서도 나는 '엄마가 죽는 일'만
큼은 미룰 수 있는 일인 것처럼 느꼈다. 아직 이종석과 이혼
하지 못했기 때문이다. 아니다. 아이를 데려오려면 엄마의 도
움이 필요해서였다. 아니다. 아직 이혼에 반대하는 엄마를 설
득하지 못했기 때문이다. 아니다. 아니다. 아니다. 나는 어느
새 이 상태를 이상한 방식으로 이용하고 있었다. 끝내 아무것
도 준비하지 않는 것으로 시간을 붙잡아둘 수 있으리라는 황
당한 착각에 사로잡혀 있었다.

기본증명서, 주민등록등본, 주민등록초본, 가족관계증명서.
엄마의 서류들을 살피던 내가 느낀 최초의 감정은 의혹이
었다. 엄마는 예전에 저기, 저토록 수많은 주소지에 모두 있
었던 걸까. 전라북도 감곡과 영등포구 신길동, 신월동 547번
지와 독산동 산 59번지. 광주 쌍촌동과 전주 교동. 열몇 곳이
넘는 주소는 한결같이 길고 궁색한 변명 같았다. 햇볕과 멀고
추위와 가난에 가까운 삶이었습니다, 하는. 주소지 옆으로는
3개월이나 6개월, 대부분 1년을 채우지 못한 짧은 날들이 또
렷하게 찍혀 있었다. 나는 엄마가 태어나고도 4년이 지난 시
점의 출생신고 날짜를 물끄러미 내려다봤다. 증명서 위의 한
자 이름이 너무도 낯설었다.

밝을 명(明), 구슬 주(珠).

명주. 빛나는 구슬이라니. 어둡고 눅눅했던 엄마의 날들이 떠올랐고 그것은 또 자연스럽게 엄마 특유의 못마땅한 표정으로 이어졌다. 이윽고 나는 엄마의 메모들이 마음에 걸렸다. 엄마의 주민등록증을 찾기 위해 서랍을 뒤지다 발견한 것들이었다. 내가 죽는다면, 하고 시작해서 내가 진짜로 죽는다면, 하고 끝을 맺는 엄마의 메모들. 서랍 속에 난데없이 묵직한 무쇠 냄비가 있어서 의아해하던 찰나였다. 뚜껑을 열어보니 제각각 다른 크기와 재질을 가진 쪽지들이 보였다. 신문 귀퉁이에 휘갈겨 쓴, 노트를 뜯어 쓴, 접착력이 달아난 포스트잇에 쓴 메모들이었다. 순간순간 떠오른 대로 쓴 것 같은 문장들이었다.

종이는 모두 태울 것.

어떤 날이든 금요일의 장례식, 꽃 그리고 메기의 추억.

울지 말 것, 자유로울 것.

나는 그것이 무엇인지 정확히 몰랐지만 몸서리가 쳐졌다. 어렴풋 예감할 수 있었기 때문이다. 무엇인가가 형질을 헤아릴 수 없을 정도로 상했고, 그것은 이미 돌이킬 수 없는 곳에 닿았다는 것을. 뒤늦게 퍼즐 조각이 제자리를 찾듯 몇몇 사건이 머리를 스쳤다. 비싼 옷가지들을 싸서 어딘가로 보냈던 일, 서랍 하나하나를 비우고 옛 사진들을 정리했던 일, 생일 선물로 받은 스카프를 두르고 느닷없이 증명사진을 찍었던 일. 때문에 최근 엄마가 가장 공들여 준비한 일은 죽음인지도 모른다는 생각이 들었다. 그러니까 지금, 엄마의 심장이 멈춘 것도, 멈췄다 겨우 다시 뛰는 것도, 거기에 옅은 숨이 붙어 있는 것도 어쩌면 모두 엄마가 계획한 일이 아닐까, 하는 억설에까지 이르렀다. 엄마의 의지라는 것은 좀 무서운 데가 있었으니까. 맞아. 엄마는 그런 사람이었으니까. 나는 그런 엄마가 못마땅했다. 못마땅한 일들은 조각조각 꿈속에서 재현됐다. 꿈 같은 것을 잘 꾸지 않는데 눈만 감으면 꿈속이었다. 사력을 다해 엄마와 몸싸움을 하는 꿈도, 싸움에 질려 좁은 틈 속으로 몸을 숨기는 꿈도 있었다. 그것은 소스라치며 깨어나야 완전히 벗어날 수 있는 악몽이었다.

그렇다면 엄마의 그 계획이란 언제까지일까.

엄마는 어떤 식으로든 사라지지 않고 거기 있을 거라고 믿고 싶었지만 생각은 그렇게 마무리되지 않았다. 서류를 뗀 오늘 혹은 화요일 낮. 아니, 어쩌면 수요일, 목요일까지는 버틸지도 몰랐다.

하지만 금요일 오후는.

엄마의 말대로 금요일이라면 사람들이 무리 없이 장례식장에 들를 수 있을 거였다. 정말 그렇다면, 사람들은 조의금 대신 꽃 한 송이씩을 들고 와야 하는 건가? 엄마의 메모대로

절 같은 건 절대 하지 말고, 우는 것도 그만두고, 옛날의 금잔
디 동산에, 하는 노래나 한 구절씩 불러달라고 해야 하나. 나
는 무거운 머리를 비우지 못한 채로 다시 중환자실 앞에 자리
를 잡았다. 어떻게 앉아도 불편한 자리였다. 무릎 위에 팔꿈치
를 나란히 올리고 두 손을 모은 채 구부린 자세. 등받이가 없
는 의자에서는 어떻게 앉아도 결국 그 자세가 됐다. 일주일째
였다. 나는 용서를 비는 자세로 자리를 지켰다.

　안면이 있는 얼굴들이 하나둘 보이기 시작했다. 오후 면회
시간이 가까워 오고 있었다. 급한 일들을 처리하고 오겠다던
아버지가 보였다. 밀폐용기처럼 삭막한 얼굴이었다. 길고 느
리게 걸었고 가까이 다가섰을 때는 희미하게 술 냄새가 났다.
엄마가 중환자실에 입원한 순간부터 아버지는 누구와도 눈을
맞추지 못했다. 힐끔 쳐다보거나 아예 보이지 않는 척했다. 엄
마의 상태를 묻는 전화에는 무엇인가를 추궁받는 사람처럼
허둥거렸다.
　아버지가 도착하고 엄마가 다니던 교회 사람들이 뒤따라왔
다. 면회 시간은 짧은데다가 규정상 두 사람의 면회만 가능했
다. 때문에 대부분의 사람들은 대기실에 빙 둘러서서 기도를
했다. 무리 중 한 명이 아버지의 손을 스스럼없이 잡아끌었다.
아버지가 엉거주춤한 자세로 그들 사이에 섰다. 손을 모으고

눈을 감았다.

하늘에 계신 우리 아버지, 아버지.

나는 멀뚱하게 그 광경을 지켜봤다. 사람들을 인솔해온 목사의 얼굴이 낯설었다. 엄마와 얼마나 가까운 사이인지 가늠할 수 없었다. 목사가 엄마를 어린양이라고 칭할 때, 아버지는 미간을 미세하게 찌푸렸다. 기도 소리가 조금씩 높아지고 있었다. 소리를 꼭꼭 씹어 뱉어낸 듯 목사의 기도가 귀를 파고들었다. 엄마는 곧 일어나 우리 곁에 설 것이며, 살아서 더 열심히 아버지를 영접할 것이라고 할 때 사람들은 아멘, 하고 외쳤다.

아이고, 아부지, 아부지, 우리 아부지이.

아버지의 탄성 소리에 사람들의 기도가 이어졌다. 나중에는 그들이 부르는 것이 하늘의 계신 아버지인지, 저기 서 있는 아버지인지 헛갈렸다. 아버지가 어린아이처럼 큰 소리로 울기 시작하자 여기저기서 흐느낌이 이어졌다. 나는 선 채로 지긋지긋하다는 생각을 했다. 무엇인가 불쑥 치밀었고, 그것의 정체를 몰라서 당혹스러웠다. 그 모든 소음이 몹시 거슬렸다. 그러다가 끝내는 화가 났다. 나는 그제야 아침부터 아랫배가 뻐근하고 묵직했음을 상기했다. 생리라면 아직 일주일이 더 남아 있었다. 기분 나쁜 냄새가 훅, 하고 내 몸 어딘가에서 풍겨오는 것 같았다. 되짚어보니 옷을 갈아입거나 씻는 것,

눕거나 기대는 것, 먹거나 싸는 것 그 어느 것도 제대로 한 기억이 없었다. 그 순간이었다.

좆같네.

갑작스럽게 입 밖으로 튀어나온 욕설이 아버지와 흐느낌과 아멘 사이 어디로 날아가 박혔다. 목사가 가느다랗게 실눈을 뜨고 나를 힐끔거렸다. 뭔가가 내 가슴속에서 우두둑, 하고 부러지는 소리를 내고 있었다. 적당한 변명을 찾을 새도 없이 입술이 제멋대로 달싹거렸다.

정말 좆같아.

지금은 모든 것이 불행 쪽으로 명백히 기운 상황이었다. 그런 순간에 이런 기도라니. 모든 것이 위선처럼 느껴졌다. 그다음 순간, 나는 방언을 쏟아내듯 사람들을 비난했다.

니들이 뭔데? 뭔데 여기 와서 엄마를 인도하네 마네 하는 건데? 멀쩡하던 사람이 하룻밤 사이에 살 가망이 없다는데, 거기서 왜 니들 아버지의 뜻을 찾는 건데? 그렇게 믿고 또 믿는다면서 왜 울고불고 난린데?

나는 흔들리는 눈동자들을 한참 동안 노려보았다. 그때 면회가 시작됐음을 알리는 간호사의 목소리가 들렸고 나는 대기실을 벗어났다. 누군가 나를 불렀지만 나는 돌아보지 않았다. 마침내 어두운 복도와 침침한 계단을 지나 병원 밖으로 나왔다. 걷다 보니 어느새 버스 정류장까지 이르렀다. 온몸이 휘청거렸다. 나는 그만 정류장 의자에 주저앉았다. 하릴없이 버스가 오는 것과 떠나는 것을 바라봤다.

엄마의 초본에 따르면, 나는 엄마에 대해 아는 것이 하나도 없었다. 오히려 엄마의 주소들과 그곳에 머문 짧은 시간이 불행을 향해 딱딱 아귀를 맞출 때 나는 안도했다. 불행의 행적을 확인한 것으로 엄마에게 다른 삶이란 가능하지 않았을 거란 식의 논리가 있었다. 하지만 동시에 단단히 굳어 있던 과거의 어느 시점이 격렬하게 꿈틀거리는 것을 느꼈다. 그것은 주소와 주소 사이, 그러니까 서류 따위로 증명되지 않은 엄마의 시간이었다. 분명히 존재했던 그 시간 속의 엄마를 아주 오랫동안 방치한 기분이 되었다. 마지막으로 본 엄마의 모습이 떠올랐다. 저녁식사 자리였고 나는 그 앞에 마지못한 얼굴로 앉아 있었다. 오히려 엄마의 모습이 의외였다. 어딘지 모르게 평안한 얼굴이었다. 어떻게 보면 웃고 있는 것도 같았다. 얇게 올라간 입술, 흐릿하게 내려간 눈꼬리. 하지만 느낌이 서늘했다. 문득, 엄마의 손에 눈길이 갔다. 뭉툭하게 잘린 손톱 위에 매니큐어가 칠해져 있었다. 핑크색이었다. 진달래색 혹은 벚꽃색. 무슨 색이라고 명명하기 애매한 것이 몹시 어설픈 모양으로 칠해져 있었다. 엄마가 매니큐어 같은 걸 하다니, 의아했다. 내가 아는 엄마는 매니큐어를 질색하는 사람이있다. 손톱은 늘 짧고 청결해야 하니까. 나물을 무칠 때, 겉절이를 버무리거나 장아찌를 담글 때 정갈해 보이지 않는다는 것이 그 이유였다. 나는 어깨를 둥그렇게 말고 매니큐어를 칠하는 엄마를 상상하다가 고개를 내저었다. 내가 엄마를 너무 쉽게 이해하려 했던 것은 아닌가. 가슴속에 묘한 울렁임이 일었다. 그때였다. 문득, 다가오는 버스 노선표에 눈길이 갔다. 빽빽한 경유지들 속에서 서빙고동이라는 글자가 보였다. 그것을 봄과 동시에 나는 몸을 일으켰다. 뭔가에 홀린 듯 버스를 향해 다급하게 손짓했다.

이럴 생각은 아니었는데. 정신을 차리고 보니 버스 안이었다. 갑자기 풀린 날씨 탓일 수도 있었다. 그 덕에 피어오른 안개 때문일 수도. 어리둥절했다. 잠깐 앉아 있다 돌아가야지, 기껏해야 물이나 한 병 사서 가야지, 했다. 잠깐 버스 정류장에 앉아 고개를 돌렸고, 서빙고동이라고 적힌 버스를 봤을 뿐이었다. 그다음은 몸이 충동적으로 움직였다. 떠나려는 버스를 멈춰 세우고 엉거주춤 버스에 올라탄 것이 기억났다. 뺨이 화끈거렸다. 주머니를 뒤져보니 천 원짜리 지폐 두 장이 있었다. 버스 손잡이를 잡고 창밖을 봤다. 병원이 멀어지고 있었다. 노란불이 깜빡이는 신호를 버스가 아슬아슬하게 통과했다. 불과 몇 분 전까지 분, 초를 버티는 기분이었는데 병원을 빠져나오자 시간이 다르게 감각되었다. 창밖의 풍경이 위태로울 정도로 빠르게 지나갔다. 모든 게 정지된 듯한 중환자실과 비교하면 세상의 속도는 여전했다. 그래, 이런 속도. 빛의 속도로 달린다면. 쓸데없는 생각은 이어지고 이어져 언젠가 읽었던 물리학 책을 떠올리고 있었다. 빛의 속도라면 시간을 거슬러 과거로 갈 수도 있다는 내용이었다. 기억은 서서히 과거의 영등포구 신길동과 신월동 547번지, 독산동 산 59번지를 지나 용산구 서빙고동으로 향하고 있었다.

서빙고동 버스 정류장에 멈춰 섰다. 그땐 이 근처에 계단이 있었다. 한참을 올랐다고 생각해서 고개를 들어 보면 여전히 까마득했던 계단이었다. 나는 갑자기 시간을 거슬러 온 사람처럼 주변을 한참 동안 두리번거렸다. 도무지 방향을 종잡을 수 없었다. 여기가 거기가 맞나. 옛날에 엄마가 살았던 곳. 엄마가 엄마였으나 엄마이기만 한 건 아니었던 곳. 그곳은 엄마가 박꽃 같은 웃음을 터뜨릴 수 있다는 걸 처음 알았던 곳이기도 했다. 나는 계단이 있었다고 짐작되는 방향으로 걷기 시작했다. 어렴풋, 골목들이 떠오르기 시작했다. 좁고, 깊고, 한번 들어가면 미로처럼 쉽게 빠져나오지 못했던 골목이었다. 어느새 엄마와 공유했던 시간이 선명하게 떠오르고 있었다.

*

엄마 어디 가?

엄마, 어디 가.

어디 가는데?

저기, 엄마 가고 싶은 데.

안 와?

안 와. 아니, 못 와.

왜?

왜냐면.

엄마는 대답 대신 부드럽게 미소 지었다. 그렇게 웃는 엄마의 손에는 커다란 가방이 들려 있었다. 엄마가 특별한 일이 있을 때만 입는 옷을 챙겨 가방의 지퍼를 닫을 때, 일곱 살의 나는 어렴풋 엄마의 여행이 꽤 길어질 것을 알았다. 벽장 속에 짐을 숨겨둔 엄마는 내 어깨를 잡고 눈을 맞췄다. 그리고 들릴 듯 말 듯 한 소리로 입술을 벙긋거렸다. 엄마를 따라가고 싶거든 밤에 아빠 몰래 골목 밖으로 나오라고. 엄마는 눈에 눈물을 그렁그렁 매단 채로 이렇게 말했다.

거기서, 만나.

그러고 나서 엄마는 빨래를 시작했다. 느닷없이 이불과 수건을 삶았다. 걸레를 꽉 짜서 뽀득뽀득 소리가 날 정도로 장판을 닦았다. 나는 오랜만에 깨끗한 비닐 장판에 뺨을 대고 누웠다. 세탁비누 냄새가 났다. 그날은 아버지와 싸우는 소리도 들리지 않았고, 엄마의 흐느낌도 없었다. 갑자기 모든 것이 평안해진 느낌이었다. 이따금 오토바이 굉음이 들리는 것이 전부였다. 그렇지만 이상했다. 알 수 없는 불안이 온 저녁 어린 몸 안을 뛰어다녔다. 이유도 없이 눈가가 시큰거렸고, 그럴 때마다 나는 짧은 손톱을 더 짧게 물어뜯었다. 그렇게 엎드려 있다가 까무룩 잠이 들었다. 옅은 잠에서 잠들고 깨기를 반복했다. 파닥, 하고 이상한 기척에 눈을 떴을 때는 새벽이었다. 엄마는 없었다. 악몽을 꾸는 것도 아닌데 팔다리가 쇳덩이처럼 무거웠다. 몸을 움직이려 할수록 식은땀이 흘렀다. 나는 악을 쓰고 울었다. 그것 말고는 할 수 있는 게 아무것도 없었다. 혼자서 술을 마시던 아버지가 달려왔다. 나는 더는 아무 소리도 낼 수 없게 될 때까지 꺽꺽거렸다. 물고기처럼 입을 벙긋거리던 엄마의 입술이 떠올랐다. 거기서, 만나, 하던. 나는 끝내 배 속에 있는 것을 몽땅 게워냈다.

엄마와 아버지가 이혼을 결정했을 때, 나는 아버지의 곁에 남았다. 선택의 여지가 없었다. 엄마가 먼저 집을 나갔고 애당초 나를 데리고 나설 상황이 되지 않았다. 일곱 살이었던 나는 온몸이 껍질만 남겨진 채 텅 빈 느낌이었다. 진짜 내 삶은 집을 나간 엄마에게 맡겨진 것만 같았다. 고모의 말에 따르면 정확히 아버지가 바람을 피웠기 때문은 아니라고 했다. 여자를 만난 적은 있으나, 그것을 바람으로 규정하는 것에는 의견이 분분했다. 시누이의 지나친 간섭이나 시어머니의 생트집도 이혼 사유로는 충분하지 않다고 했다. 결국, 벌이가 시원치 않은 것이 결정적인 이유가 아니었겠냐는 방향으로 의견은 수렴되었다.

처음에는 데면데면하게 굴었지만 그럼에도 불구하고 내가 엄마의 집을 자주 드나들었던 것은 각별한 모정이 그리워서가 아니었다. 그러니까 그 시절 내 어린 마음을 잡아끈 것은 다름 아닌 엄마의 집 그 자체였다.

외국계 컴퓨터 회사에 사무보조로 취직한 엄마는 회사 근처에 집을 얻었다. 처음 그 집에 갔을 때, 나는 왜 엄마가 집을 나갔는지 이해하는 동시에 그 집에 막연한 동경을 느꼈다. 방 하나가 전부인 엄마의 집은 볕이 잘 들었다. 자잘한 꽃무늬 벽지가 발려 있고 창을 등지고 놓인 묵직한 느낌의 책상과 폭신해 보이는 가죽 의자도 있었다. 장식이 없는 침대와 커다란 책장이 놓인 환한 방. 넓지는 않지만 적당한 온기와 냉기가 번갈아 느껴졌다. 엄마는 내가 집에 오면 점심시간에 짬을 내어 먹을 것을 챙겨주었다. 감자튀김과 켄터키 후라이드 치킨 같은 것들이었다. 그런 엄마에게서는 생경한 활기가 맴돌았

고 우유나 버터 혹은 코코넛과 계피를 섞은 향이 가슴과 머리
에서 풍기는 것 같았다. 구로구 독산동 산 59번지, 코카콜라
공장 맞은편에 살 때와는 아주 다른 냄새였다.

엄마의 퇴근 시간까지는 혼자 지내야 했지만 나는 그것이
싫지 않았다. 아니, 그것은 오히려 내가 가장 좋아하는 오락
시간이었다. 나는 폭신폭신한 카펫이 깔린 방 구석구석을 고
양이처럼 기웃거렸다. 그중 내가 제일 좋아한 곳은 좁고 아늑
하고, 어두운 책상 밑이었다. 나는 그곳에서 책을 읽었다. 귀
부인처럼 생긴 여자의 옆모습이 표지에 찍힌 책이 있었다. 영
어로 된 책이었기 때문에 나는 늘 새로운 방향으로 이야기를
만들어 상상하곤 했다. 나중에 안 사실이지만 공주인 줄 알았
던 표지의 주인공은 버지니아 울프였고, 책 제목은『자기만의
방』이었다. 책 보기가 지겨워지면 나는 엄마의 서랍들을 뒤지
기 시작했다. 엄마가 자신의 물건에 손대는 것을 극도로 싫어
한다는 것을 알면서도 나는 그것을 일종의 검열 의식처럼 했
다. 문밖의 기척에 신경 쓰면서, 물건의 원래 위치를 기억하면
서. 거기엔 메모와 편지가 많았다. 오래된 수첩과 아직 뜯지
않은 탁상달력도, 빈 반지 상자와 날짜가 지난 영화 티켓 같은
것들도 있었다. 분명, 내가 알던 엄마의 물건들은 아니었다.
그러던 어느 순간이었다. 바지 하나가 눈길을 끌었다. 정장바
지였다. 나는 그것이 아버지의 것과 크기가 비슷하다는 것을

알았다. 동시에 아버지의 것이 아니라는 것도 깨달았다. 바지는 촉감이 좋았고, 차갑고 알싸한 향이 났다. 나는 한 걸음 물러서서 바지가 들어 있던 서랍을 살폈다. 되짚어보니 벌써 여러 번, 그 안에 있던 바지의 위치가 바뀌었다는 것이 상기되었다. 뜬금없이 울분이 몰려왔다. 알 수 없는 열패감과 불안으로 마음이 복잡해졌다. 나는 책상 위에 놓여 있던 스테이플러로 눈을 돌렸다. 그리고 그것을 집어 들었다. 바지 위에 스테이플러를 절걱거렸다. 마치 가시처럼, 바지 끝과 주머니 위에 철심이 촘촘하게 박혔다. 기이한 안도와 충족감이 찾아왔다. 이것이 온당하며 엄마에게 다른 삶이란 가능하지 않으리라는 식의 선고를, 마음속으로 여러 번 되뇌었다. 그것이 마지막이었다. 그 뒤로 나는 엄마의 집에 발길을 끊었다.

나는 종종 놀이터에서 밤을 맞았다. 아이들이 모두 사라질 때까지 남아서 그네를 탔다. 집에 되도록 늦게 돌아가고 싶은 게 이유였지만, 실상은 누구도 나를 찾지 않아서였다. 밤이었다. 나는 철봉에 거꾸로 매달려서 찬 바람을 견디고 있었다. 계절에 맞지 않는 바지 밑으로 맨발이 껑충했다. 아무래도 신발을 잃어버린 것 같았다. 나는 어두워진 놀이터를 기웃거렸다. 오른쪽 신발은 시소 밑에 있었는데 나머지 한 짝이 보이지 않았다. 끝내 찾은 신발은 내 것과 짝이 맞지 않았다. 누군가 내 신발을 바꿔 신은 것이 틀림없었다. 시간이 더 지나자 막막함과 동시에 걱정이 밀려왔다. 얼마 전 비슷한 일로 아버지에게 호되게 혼났던 것이 떠올랐다. 나도 모르게 엄마 생각이 났다. 나는 두려움에 쫓겨 놀이터를 빠져나왔다. 그 다음 일이야 엄마가 어떻게든 해주지 않을까, 하는 막연한 기대가 있었다.

나는 엄마의 집으로 향했다. 아버지 없이 혼자서는 처음이었다. 서빙고라고 적힌 버스에 앉아 예전에 읽었던 동화를 떠올렸다. 헨젤과 그레텔, 집으로 돌아가는 길을 잊지 않으려고 과자 부스러기를 땅에 흘려놓던 아이들을 생각했다. 나는 온몸의 신경을 곤두세웠다. 대림쇼핑센터, 신길동 파출소, 영등포역, 여의도 백화점. 과자 부스러기처럼, 엄마의 집으로 향하는 이정표들을 눈으로 담았다. 멀리 서빙고, 라고 쓰인 버스 정류장 간판이 눈에 들어왔다. 덜컹거리는 버스에서 몸을 일으킨 나는 하차벨을 눌렀다. 그리고 엄마의 집으로 향하는 까마득한 계단을 찾아 움직였다.

어려운 길은 아니었는데 길을 찾느라 애를 먹었다. 지나는 사람 몇몇에게 길을 물었다. 마침내 동네 노인의 손에 이끌려 계단 근처에 도착했을 때, 나는 얼핏 나를 스쳐 가는 하늘하늘한 원피스 차림의 여자를 봤다. 정확히 말하면 연인처럼 보이는 여자와 남자였다. 뒷모습이 화려한 여자였다. 앞이 뾰족한 구두를 신고 있었고 그녀가 걸을 때 좁은 골목으로 또각

또각 구두 소리가 명쾌하게 울렸다. 나는 묘한 기시감에 휩싸였다. 여자가 지나간 골목에 은은한 향이 남아 있었기 때문이다. 달콤한 코코넛 냄새. 그 향이 참 익숙하다는 생각을 하면서 나는 천천히 멀어져가는 두 사람의 실루엣을 살폈다. 그러다 멈칫, 걸음을 멈췄다. 엄마였다. 엄마의 걸음이 빠르게 멀어지고 있었다. 계단의 중간쯤 오른 엄마가 설핏 뒤를 돌아봤다. 엄마의 눈이 어둠 속에 남겨진 내 눈과 마주쳤다. 얼어붙은 것 같은 엄마의 표정으로 나는 그것을 확신했다. 그때였다. 엄마와 함께 걷던 남자가 엄마의 허리를 부드럽게 감쌌다. 그리고 그 순간 그의 입술이 엄마의 입술에 가닿았다. 나는 나도 모르게 엄마, 하고 소리를 지를 뻔했다. 손이 떨렸다. 숨이 막혔다. 눈가가 시큰거렸다. 나는 엄마에게 달려가는 대신 조용히 그 자리에 서 있었다.

엄마가 문을 열었다. 남자가 문을 잡았고 엄마를 먼저 집 안으로 들였다. 그리고 그는 엄마를 향해 이를 드러내며 웃었다. 나는 숨어서 초록색 문이 닫히는 것을 지켜봤다. 지나가는 자동차 헤드라이트에 그림자가 길어졌다 짧아지기를 반복했다. 완벽히 혼자라는 사실을 깨달았다. 짝짝이 신발이 꿰어져 있는 맨발을 보자 비에 젖은 강아지마냥 온몸이 오돌오돌 떨렸다. 니는 손톱을 물어뜯으며 문으로 다가섰나. 더는 물어뜯을 손톱이 없자 손등을 긁기 시작했다. 문을 노려보며 벅벅벅, 벅벅벅. 손등은 금세 붉게 부풀어 올랐다. 피가 흐르기 시작했다. 나는 부풀어 오른 피부가 너덜너덜해질 때까지 입을 앙다물었다. 눈물이 흘렀다. 끝내 눈물을 쏟은 것이 분했다. 나는 초인종을 노려봤다. 갈색 스피커 위에 빨간 버튼이 달려 있었다.

띵동.

충동적으로 초인종을 눌렀다. 심장이 요동치기 시작했다. 하지만 내 안의 쿵쾅거림 말고는 아무런 기척이 없었다. 나는 다시 한번 초인종을 눌렀다. 여전히 고요했다. 가슴 한가운데로 싸늘한 바람이 지나갔다. 엄마는 알아챘을 것이다, 아니, 첫눈에 알았을 것이다, 내가, 거기, 그 계단에 있었다는 것을!

띵동, 띵동, 띵동, 띵동, 띵동, 띵동!

나는 거의 발작적으로 초인종을 눌러댔다. 열리지 않는 초록색 철문을 향해 악을 쓰며 울부짖었다. 하지만 나는 예감했다. 엄마는 끝내 문을 열지 않을 거라는걸. 잠시 뒤, 순찰을 돌던 경찰차가 내 앞에 멈춰 섰다. 나는 벨 누르는 것을 멈추지 않고 경찰을 향해 소리쳤다.

제발, 살려주세요!

엄마는 다시 집으로 돌아왔다. 아버지와 이혼하고 밖에서 5년을 살다가 아버지와 재결합한 것이다. 아주 오랜 시간이 지나서 엄마는 아버지와의 이혼 사유를 이렇게 밝혔다. 영 뜻 모를 말이었다. 그때는 모두가 엄마에 대해 아는 것을 거부하는 것 같았다고. 모두가 동의하는 틀림없는 역할로만 남아주기를 강요하는 것 같았다고. 그래서 그랬어, 했다. 나는 엄마에게 원래 사는 게 다 비슷하고, 별 문제가 없으면 그럼 된 거 아닌가, 했지만 엄마는 끝내 동의하지 않았다. 차라리 사는 데 큰 문제가 있었더라면, 그랬다면 더 나았을지도 모르겠구나, 했다. 나는 감정이 복잡해지는 게 싫었다. 건성으로 고개를 끄덕이고 있는 내게 엄마는 뭔가를 확실히 하고 싶다는 듯 이렇게 말했다.

나로 살아보고 싶었다. 아무것도 아닌 그저, 나로.

범죄를 자백하듯 중얼거린 엄마는 오래도록 나를 바라봤다. 고요하고 깊은 눈이었다. 하지만 이상한 일이었다. 다행이라는 마음 한편으로 나는 서운함을 느끼고 있었다. 달콤한 냄새가 풍기는 그 집에 더는 갈 수 없다는 것, 그것이 못내 아쉬웠다.

그 뒤로 엄마의 일상은 드라마의 한 장면처럼 통속적이고 공교롭게 흘러갔다. 엄마는 자신에게 주어진 삶을 감당하고 있는 것처럼 보였다. 우리는 구로구 독산동에서 영등포구 신길동으로, 양천구 신월동에서 강서구 염창동으로 전출과 전입을 반복했다. 하지만 그때 엄마에게는 차라리 생기가, 악착이 있었다. 유행하는 신발이나 옷 같은 것은 쳐다볼 겨를이 없었다. 엄마는 일을 하고 돌아와 늦은 저녁을 때우고 밤에는 그저 눈을 감았다. 꿈은 아예 안 꾸는 게 덜 피곤하다고 엄마는 자주 중얼거렸다.

서울시 용산구 이태원 66번지. 엄마가 늙기 시작한 것은 더 이상 옮기지 않아도 되는 주소를 갖고부터였다. 엄마에게 그것은 자주 깊은 잠에 빠지는 형태로 드러났다. 잠에 빠진 엄마는 누가 나가는지, 들어오는지도 모르게 잠귀가 멀었다. 뒤척임도, 잠꼬대도 없었다. 나는 혹시 엄마가 죽은 건 아닐까, 하고 잠들어 있는 엄마의 코 밑에 손을 가져가본 적도 있었다. 오랜 잠에서 깨어난 엄마는 가끔 꿈을 꾸었다고 했다. 자신이 죽는 꿈이라고 했다. 나는 물었다.

슬펐어?

응.

슬퍼하는 다른 사람들이 보였나 보지?

아니. 죽어 있는 내가 보였어.

그게 슬프다고?

아니.

그럼?

죽은 사람이 꼭 내가 아닌 것 같아서. 그 사람이 너무 불쌍해 보여서.

하지만 꿈에서 깨어난 엄마는 대개 꿈에서 깼다는 사실 조차 모르는 사람 같았다. TV 앞에 앉아 있는 엄마의 뺨이 눈물로 번들거렸다. 그러나 그런 일은 다음 날이면 곧 괜찮아졌기 때문에 나는 그 시간들을 전에 없이 평탄하고 고요한 날로 기억했다.

그 때문이었는지도 모른다. 내가 어렸을 적 놀이를 떠올리듯, 나는 그 무렵 엄마의 서랍들을 다시 뒤지곤 했다. 주로 엄마가 깊은 잠에 빠져 있을 때였다. 화장대 서랍과 책꽂이 사이사이를, 오래된 박스와 창고 구석의 물건을 들쑤셨다. 옛날 서빙고동에서 보았던 흥미로운 것들은 발견되지 않았다. 그리고 그럴 때 내가 느낀 감정은 실망에 가까운 것이었다. 내가 무엇을 기대했는지는 확실하지 않다. 하지만 엄마의 삶에서 서빙고의 기억을 떼어내고 보는 일이, 그렇게 해서 얻어진 의식적인 평온으로 삶을 유지하는 일이 한계에 부딪쳤다는 것을 나는 어렴풋 깨달았는지도 몰랐다. 무엇보다 한 가지는 분명했다. 엄마는 이미 얼음이 녹아버린 음료수처럼 밍밍한 사람이 되어버렸고, 나는 그것에 죄책감을 느꼈다는 것. 말하자면 나는, 엄마의 무너진 미래에 적극적으로 동조했다는 것이다.

하지만 내게는 막연한 믿음이 있었다. 적어도 엄마는 나를 판단하지도 비난하지도 않을 거라는 기대. 다른 사람은 몰라도 엄마 앞에서는 비난을 피하려고 애쓰는 유치원생 같은 기분은 느끼지 않아도 되겠지, 하는. 7년이 채 안 되는 결혼 생활이었다. 그렇게 관둘 거면서 결혼은 왜 했냐고 물으면 나는 남편의 외도 때문이라고 대답했다. 하지만 실상은 지겨워서였다. 서른다섯 살이 넘었는데도 할 수 없는 게 너무 많은 게 싫었다. 함께 직장을 다니면서 회식을 하고, 야근하는 것에 허락을 구하는 일들이 끔찍했다. 내가 없으면 돌아가지 않는 집안일이 대부분이었지만, 나는 한 번도 중요한 사람인 적이 없었다. 무서웠다. 삶의 목표가 오로지 까마득하게 남은 아파트 대출금을 갚는 것이 되어가고 있었다. 또래의 여자들이 모두 비슷하게 살고 있다는 것을 모르는 바가 아니었다. 이유를 막론하고 버티면 버텨지는 것이, 참으면 참아지는 것이 결혼이 아닌가, 되뇌었지만 나는 정말이지 그만하고 싶었다. 돌연 멈추고 싶었다. 그때 남편이 바람을 피웠다. 바람을 피우고도 사과를 구할 기색이 없었을 때, 그의 식구들이 떼로 몰려와 외도의 원인을 나로 지목했을 때, 오히려 홀가분한 기분이었다.

탈출하기에 충분히 합리적인 이유를 떠올리며 나는 문득, 서빙고동의 그 집을 떠올렸다. 나팔꽃처럼 엄마의 젊음이 한창이던 그 집. 그러나 이혼을 선언한 나에게 엄마의 반응은 기대와 믿음을 한참 빗나간 것이었다.

이혼을 하겠다고?

네. 그 사람, 여자가 있어요.

그게 이유냐?

그것만큼 확실한 이혼 사유가 어디 있어요?

엄마의 입술이 가늘게 떨렸다.

치료를 좀 받아보자.

무슨 치료요?

상담을 받거나 음악 치료, 뭐냐, 그림으로도 한다던데?

제가 아픈 것처럼 보이세요?

마음이 다쳤잖니. 그건 시간이 지나면 괜찮아진다.

원하는 대로 살겠다는 건 아픈 게 아니라고요.

그래도 이혼은.

엄마, 근데 엄마가 어떻게 그런 말을 해요?

침묵이 나와 엄마 사이에 무겁게 내려앉았다.

그러면 어떡하니, 네 새끼는.

엄마, 그 인간이 바람을 피웠다고요!

엄마의 표정이 기묘하게 일그러졌다. 느릿느릿 눈을 깜빡이던 엄마가 내게 되물었다.

그게, 진짜 이유니?

나는 결국 이혼했다. 집도 위자료도 요구하지 않았다. 아이의 양육권도 포기했다. 이혼 말고 하고 싶은 것이 없는 사람처럼 굴었다. 엄마가 필사적으로 말렸지만 소용없는 일이었다. 아이는 어떻게든 데려와야 하지 않겠냐는 엄마의 애원 역시 묵살했다. 나는 오히려 엄마의 태도를 폭력으로 받아들였다. 엄마의 모든 논리가 이해하지 못할 기이한 복수로 해석됐다. 나는 할 수 있는 모든 방법을 동원해 엄마를 증오했다. 그게 당장 내가 할 수 있는 유일한 일이었다. 엄마의 전화나 문자메시지를 받지 않는 것으로, 아무것도 먹지 않고 바싹바싹 말라가는 것으로 엄마를 괴롭혔다. 한동안은 퍼렇게 독이 오른 눈과 혀를 엄마를 향해 휘둘렀다. 그 시절 엄마와 나 사이에는 깊고 좁고 사소한 지옥이 있었다. 그렇게 시간은 흘렀다. 내가 그 지옥에서 천천히 발을 뗄 수 있을 만큼의 긴 시간이었다. 새로운 집으로 이사를 하고, 간단한 일을 시작하고, 친구를 만나고, 여행을 떠나는 동안 엄마는 내내 지옥에 남아 있었다. 내가 그곳을 빠져나간 줄도 모르고 엄마는 줄곧 불구덩이와 벼랑 끝을 서성거렸다. 엄마 덕분에, 나는 피해자로 살수 있었다.

순간, 귓속에 이명이 일었다. 오래 묵은 슬픔이 내 목덜미를 싸늘하게 움켜쥐었다. 몸이 덜덜 떨렸다. 나는 몸을 추스르며 심호흡을 했다. 어디선가 벨소리가 들리는 것 같았다. 기억이 한꺼번에 치밀어 올랐다. 나는 계단 손잡이를 꽉 움켜쥐었다. 차갑고 딱딱한 쇳덩이가 만져졌다. 손바닥에 오래전 그날의 기억이 날카롭고 선명하게 스몄다. 뭉툭하고 짧은 손, 푸르스름한 손톱. 한때 내가 엄마의 일부였음을 부인할 수 없을 만큼 닮은 손이었다. 어디라도 좋으니 밝고 따뜻한 곳으로 몸을 옮기고 싶었다. 나는 기억을 더듬어 엄마의 집이 있던 곳을 향해 걸었다. 하지만 초인종을 눌러댔던 초록색 대문은 사라지고 없었다. 근처에 있던 가로등도, 나팔꽃이 매달려 있던 담장도 마찬가지였다. 엄마의 집은 네일숍으로 바뀌어 있었다. 나는 네일숍의 유리문 밖을 서성였다. 그때였다. 딸랑, 하고 유리문에 달린 차임이 울렸다.

네일숍 주인 여자가 자리를 권하고 따뜻한 차 한 잔을 건네줄 때까지 나는 어린아이처럼 여자의 말을 따랐다. 잠깐만 기다려주세요, 이쪽으로 오세요, 여기 앉으세요, 손을 이렇게 내밀어보세요.

손을 살피던 여자가 말했다.

네일 케어 처음이세요?

나는 말없이 고개를 끄덕였다.

그럼, 한번 해보세요.

나는 다시 고개를 끄덕였다. 손을 잡은 여자의 손이 너무 따뜻하게 느껴졌다.

그럼, 저, 핑크색으로 할 수 있을까요?

그럼요, 핑크색 좋지요.

엄마의 손톱이 떠올랐다. 도무지 갈피를 종잡을 수 없는 마음이 온몸을 떠돌았다.

보여주고 싶어서요. 제가 미워하던 사람인데, 가요, 어디를.

음. 그래요?

여자는 잠시, 말의 의미를 헤아리는 듯 눈을 깜빡였다.

그럼, 로즈쿼츠가 어떨까요?

로즈쿼츠요?

네. 연한 벚꽃색인데 컬러도 은은하고 의미도 있어요.

나는 여자를 말끄러미 봤다. 매니큐어를 골라 온 여자가 핑크색 매니큐어 병을 내 앞에 내려놓았다.

이 색은 평온을 의미해요. 평온한 안식.

묵직한 눈물이 차오르고 있었다. 둥글게 등을 구부리고 매니큐어를 칠하는 엄마가 그려졌다. 늦은 오후, 햇살을 등지고 앉아서, 노래를 흥얼거리며 핑크색 매니큐어를 바르는 엄마. 후두둑, 손등으로 눈물이 떨어졌다. 뺨이 젖기 시작했다. 이윽고 한 번도 낸 적 없던 소리가 꺼억, 꺼억, 가슴에서부터 올라왔다. 그것을 지켜보던 여자는 당혹스러운 얼굴이 되었지만 이윽고 김이 나는 따뜻한 수건을 꺼내 왔다. 그녀는 수건으로 내 손을 감쌌다. 모든 것은 고요했고 손은 금세 따뜻해졌다.

존재의 허들

박인성(문학평론가)

문학은 유해(有害/有解)하다

신주희 소설의 세계는 두 축으로 이뤄져 있다. 평범함의 요구에 납작해져버린 외부 세계와 그러한 압력에 저항해 한껏 부풀어 올라 있는 내부 세계다. 세상은 사람들에게 평범함을 요구하지만, 평범하게 살기 위한 조건조차 사실은 지나치게 많은 것들을 요구한다는 사실을 잊어버린다. 따라서 『허들』에 등장하는 인물들의 경직된 모습은 외부 공기의 기압을 버티기 위해서 한껏 부풀어 있는 허파를 떠올리게 한다. 특히 각각의 소설 주인공들은 그렇게 "견디는 삶을 반복"(「허들」, 69쪽)하는 것에 넌더리가 난 인물이기도 하다. "노력했어요.

비난받지 않으려고요. 하지만 순하게 끌려다니고 남들의 욕구를 충족시킬수록 나는 전보다 조금 더 잘 견디는 사람이 될 뿐이었지요."(79쪽) 이러한 자기 고백에서처럼 『허들』은 비난받지 않기 위한 노력이 과연 인간을 어떤 현대인의 단상으로 이끄는지 반복적으로 그려내고 있다.

우선 표제작 「허들」은 주인공 '나'가 쓰는 유서의 형식을 가지고 있다. 그 수신자는 딸인 '나'에게 자신과는 다른 평범한 삶을 요구했던 어머니다. 문제는 그러한 평범함에 대한 요구야말로 삶에서 넘어서야 하는 지나치게 높은 허들이자, '나'의 삶을 그저 비난받지 않기 위해서 세상의 모든 압력을 견디는 삶으로 만들었다는 사실이다. 그리고 그 견디는 삶이란 결국 '나'의 모든 삶을 납작하게 만들어, 오직 정해진 삶의 규칙으로부터 벗어나기 위한 유일한 선택으로서 죽음이라는 최종적인 선택지만을 얄팍하게 남겨 놓았다. 평범한 삶에 대한 부모의 기대와 실제로 '나'가 꾸린 가족과 자식에 대한 모든 권리조차 한없이 가늘어진 삶을 다시 회복시켜줄 것이라는 미래에 대한 기대로 이어지지는 못한다.

그렇다면 삶 자체를 납작하게 만드는 평범함에 대한 기대 반대편에는 무엇이 있을까. 바로 자기 삶을 위태롭게 만드는 욕망과 현실에 타협하지 않고 스스로를 지켜내려 하는 자기 세계에의 집착이 있다. 앞서 말한 신주희 소설에 있어서 또 다른 세계의 축, 혹은 「허들」에서 죽음이라는 선택지를 향해 가는 모든 유서의 작성 과정으로서 구성되는 일종의 자기 파괴적 '쓰기'의 영역이기도 하다. 이러한 자기 파괴적 서술의 영역은 「햄의 기원」에 등장하는 예술을 향한 극단적 선택과 동등한 것이다. 신주희의 소설에서 예술과 자기 세계를 추구하는 것은 그러한 선택의 주체에게나 주변 사람들에게 해로운 길이다. 평범함을 거부하고 세상이 요구하는 기대치로부터 벗어나 스스로를 파괴하는 과정처럼 비치기 때문이다.

「햄의 기원」에서 주인공의 대학 동기이자 아방가르드 예술가라고 말할 수 있는 '햄'은 자기 앞에 놓인 삶의 평범성을 예술이라는 과장된 욕망의 대상을 통해서만 견디려고 했던 인물이라 말할 수 있다. "말의 혈액을 수혈 받아 영상으로 기록한 적마(赤馬) 프로젝트"(18쪽)라는 유작(遺作)을 남기고 그는 결국 부작용에 의해서 죽음에 이르게 된다. 죽어서 비로소 편해 보이는 햄이 얼굴을 보고 '나' 역시 "그래, 참 오래도 버텼구나"(16쪽)라고 말하는데, '나'는 햄을 사로잡고 있는 예술을 향한 기이한 열정이 결국 삶을 버티고 견디기 위한 수단에 지나지 않음을 알고 있는 것처럼 보인다.

과거 '나'의 연인이기도 했던 연극 연출가 '화 씨' 역시 햄과 비슷한 유형의 인물이라고 할 수 있다. 햄처럼 극단적인 수단을 활용하는 것은 아니지만, 화 씨 역시 자신의 시야를 상실

해가는 과정 중이라고 느낀다. 마치 피카소의 그림처럼 자신의 시선이 현실을 큐비즘 화풍처럼 보는 것처럼 설명하는 것이다. 게다가 "혹시 이 상태가 예술의 본질과 관련 있는 건 아닐까요?"(22쪽)라는 질문에 이르러 '나'는 예술계 인물들에 대한 강한 거부감을 느낀다. 그럼에도 불구하고 '나'는 화 씨를 설득해 함께 병원에 가기를 선택한다. 화 씨에게서 햄을 겹쳐 보는 것인데, 어쩌면 그저 망상에 불과할지도 모르는 화 씨의 증상은 "세상이 평면처럼 납작해진 기분"(21쪽)의 연속선상에 있음은 분명하다. 세상이 갈수록 납작해지고 삶 자체가 그저 견뎌야만 하는 고행이 되는 것. 따라서 피카소의 큐비즘 화풍처럼 세상을 전혀 다른 방식으로 보는 것, 망상적인 시선이라고 할지라도 세상을 입체화하는 화 씨의 증상은 삶을 견디기 위한 한 가지의 생존법이다.

햄과 화 씨, 두 사람은 모두 예술이라는 자기 세계에 대한 추구 속에서 사실상 광인이 되어가는 인물들이다. "햄이 한 가장 잘못된 선택은 바로 이것일지도 몰랐다. 우리가 숭배하던 것, 그 예술이 주는 멸시와 모욕을 끝까지 견딘 것."(16쪽) 반면에 '나'는 그러한 멸시와 모욕을 견디기보다는 차라리 평범함이 주는 삶의 얄팍함을 견디기를 선택한 사람이다. 따라서 햄과 화 씨, 두 사람을 바라보는 나의 시선은 한편으로는 세상의 평범함에 대한 요구를 그대로 반영하기도 하지만, 동시에 그러한 평범함의 폭력에 지쳐가는 삶으로부터 벗어나는 극단의 선택에 대한 연민과 동경이 공존하고 있다. 결말에 이르러 '나'가 화 씨의 곁에 머무르는 모습 또한 햄과 화 씨의 세계에 멸시와 모욕을 주려는 것이 아니라, 다른 세계에 놓인 사람들이 서로의 삶을 함께 견딜 수 있는 새로운 관계성에 대해 암시하는 것처럼 보인다.

이처럼 『허들』 전체를 관통하는 세계에 대한 이해 속에서 평범함으로 얄팍해진 세계에 대립하는 예술은 자기 파괴적인 탈출구다. 또한 비생산적인 작업으로서의 예술을 통한 자기 세계의 추구는 자칫 자기 자신을 향한 공격성이 되기 쉽다. 무엇보다도 표준적인 삶을 따라가지 못함으로써 타인의 시선에 쉽게 노출되고 그들에 의해 판단되며, 더 나아가 비난과 경멸의 대상이 되기 때문이다. 반면 평범함의 세계에는 타인에게 무해함만을 요구하고, 무해함만을 돌려줘야 하는 관계만이 존재한다. SNS로 파편화된 세계에 전시 가능하며 누구에게나 보기 좋은 삶의 단면들만을 공유할 때, 우리는 무해함의 환상을 즐긴다. 「휘발, 공원」에서 연인 관계인 '나'와 '주영' 두 사람이 '블리'라는 여성의 인스타그램 속 삶을 서로에게 있어 가장 만만하고 손쉬운 대화 소재로 삼듯 말이다.

이 소설집의 주인공들은 공통적으로 누군가에게 비난받는 것에 대한 공포에 사로잡혀 있는 사람들이다. 타인으로부터 판단당하는 것, 가해자로서 혹은 유해한 사람으로서 비난받는 것에 대한 공포 말이다. 왜 이러한 공포가 예민할 정도로 인물들을 사로잡고 있는 것일까? 굳이 이 납작한 세상의 논리로 말하자면, 포괄적인 예술만큼이나 이 모든 것을 일종의 유서처럼 기록하고 있는 문학이란 유해(有害)하다. 자본주의적 가치와 환금성이 떨어질 뿐 아니라 스스로를 제대로 돌보지 못하는 사람들의 자해적인 제스처에 불과하기 때문이다. 따라서 그만큼 문학은 유해(有解)하다. 문학은 납작한 세상을 다시 해석적으로 바라보고 그 평면성을 풀어 헤친다. 신주희의 소설집 『허들』은 그런 의미에서 납작해진 세계에 다시 입체성을 부여하고 부피 있게 바라보기 위한 시선의 허들이다.

우리는 가해자가 되지 않을 수 있을까?

햄과 화 씨처럼 예술을 선택한 사람들이 자본의 세계로부터 소외될 뿐 아니라 멸시와 모욕을 견디는 삶을 선택했다면, 『허들』의 다른 수록작 속 서술자 혹은 주인공은 주로 평범함의 세계를 선택한 인물들이다. 문제는 갈수록 얄팍해지는 삶은 언제나 그러한 삶을 살아가는 사람들에게 외부적 원인을 찾게 한다는 점이다. 평범함을 요구하고 그들에게 이러한 삶을 강요하는 그러한 사람들, 더 나아가 삶을 더욱 힘들게 만드는 유해한 요소들, 유해한 사람들. 오늘날의 현대사회에서 우리는 그들을 이렇게 부르기로 했다. 가해자(加害者).『허들』을 관통하는 세계의 평면화 현상은 그러한 세계를 살아가는 사람들의 인물 관계 역시 이분법화한다. 가해자와 피해자라는 각각의 입장만이 가장 명확하고 편리하게 이 견디는 삶을 설명해줄 수 있기 때문이다.

「햄의 기원」에서 예술은 타인에게 해를 끼치는 수단이라기보다는 예술을 선택한 사람 스스로에게 유해한 수단이기에 의미가 있었다. 그러한 수단은 가해와 피해로만 이루어진 이분법적 관계에서 벗어날 수 있는 자기 파괴적인 방향성을 보여주었기 때문에 예외적이다. 반면에 평범함의 세계, 오직 견디는 삶, 다시 말해 생존과 그것을 위한 경제적 조건들에만 매달리는 삶은 자신을 오롯이 피해자로 규정하고 싶은 충동과 씨름해야 한다. 반대로 말하자면 선명한 가해자가 존재하는 삶은 오히려 편리하지만, 가해자조차 쉽게 규정할 수 없는 현실에서 가해자가 되어줄 수 있는 사람은 사실상 우리와 크게 다르지 않은 삶을 공유하고 있는 우리의 주변인일 수밖에 없다.

「로즈쿼츠」는「허들」과 많은 점에서 유사한 설정을 공유하지만, 마치 동전의 양면처럼「허들」과는 다른 가능성의 세계를 그려내는 소설이다. 「허들」이 그저 견디는 삶을 버티지 못한 '나'의 죽음을 향해 가는 유서였다면, 반대로 「로즈쿼츠」는 먼저 죽은 엄마의 삶을 반추하면서 모녀가 부지불식간에 서로에게 피해자-가해자가 되어버린 삶의 공통점을 그려내고 있기 때문이다. 이 소설은 그러한 공통점에도 불구하고 엄마를 통해 피해자 되기의 삶에 집중했던 주인공의 심리를 전경화한다. 주인공은 자기 삶을 스스로 갉아먹으면서도 과거에 이혼하고 자기를 떠났던 엄마에 대한 피해 감정을 해소하지 않는다. 자신이 엄마와 마찬가지로 위자료와 양육권조차 포기하고 이혼하기로 선택하는 과정에서조차 엄마의 고통을 고스란히 느끼면서도 그것이 엄마에게서 비롯된 가해였음을 끝끝내 주장해야 하기 때문이다. "엄마 덕분에, 나는 피해자로 살 수 있었다."(200쪽)

물론 이 이야기는 그저 '나'의 관점에서 엄마를 가해자화하고 피해자로서의 삶을 평면적으로 살아가기를 선택하는 것으로 속 편하게 끝나지 않는다. 그래서 '나'는 굳이 어머니의 출생지를 포함하여 온전히 그녀의 말로 설명된 적 없는 과거의 기억들을 반추해가며 그저 가해자일 수 없는 삶의 입체성을 다시 파헤치고 부풀린다. 오히려 엄마를 가해자로 붙박아두고자 했던 나의 노력이야말로 다른 측면에서는 엄마에 대한 복수이자, 명백한 '나'의 가해 행위이기도 하다. 따라서 「로즈

퀴츠」의 이야기는 피해자로서의 삶을 선택하고 스스로의 삶을 납작하게 만들어 살아가는 것은 누군가를 가해자로 만드는 과정 속에 있다는 것, 그리고 그것이 또 다른 피해를 생산하고 있다는 사실을 환기하는 것이기도 하다. 가해자와 피해자의 이분법적 평면성을 증명하려 하면 할수록 오히려 그 단순함은 부정되고 애써 삶을 견디려 했던 사람들의 노력은 그들의 삶을 더욱 복잡하게 뒤흔든다.

가족과 모녀 관계에서조차 쉽게 그 매듭이 풀어지지 않는 삶의 양면성이 오늘날의 대한민국에서는 사회적인 증상으로 폭발한다. 「저마다의 신」은 코로나바이러스 창궐 초창기, 모 종교 교단이 매개가 되어 감염이 폭발했던 시기의 흉흉했던 사회적 분위기를 모티프로 하여 결코 손쉽게 나눌 수 없는 피해자-가해자의 복잡성을 그려내고 있다. 주인공 '이주영'이 그 종교에 빠지게 된 이유는 그녀가 견뎌야 하는 납작한 현실과 삶에 유일하게 말을 걸어주고 위로를 던져준 '여진 언니'의 존재 때문이다. 길고양이들을 입양하고 SNS를 만들고 고양이 사진들을 올리게 된 것 역시 주영이 꿈꾸는 평범한 삶에 대한 희구, 그리고 SNS 계정의 피상적인 전시가 만들어내는 연출된 무해함에 스스로 빠져들었기 때문이다. 종교의 교리와 그에 대한 믿음보다도 사실은 여진 언니의 관심과 고양이들과의 연결성, SNS의 구성된 평범함의 환상이 현실을 견디는 힘이 된 것이다.

하지만 바이러스로 인해서 모든 강한 결속과 연결성이 오히려 관계를 파괴하는 취약성과 위험성이 되었을 때, 주영은 단 한 번도 사회로부터 받아보지 못한 주목과 관심을 받게 된다. 그녀는 하루아침에 '이 시국'에도 불구하고 무분별한 종교 모임을 통해서 직장인 백화점에 바이러스 감염을 확산시킨 확진자이자, 사회공동체를 위협하고 파괴하는 사이비 종교에 빠진 광신자가 된 것이다. 피해자로서의 정체성과 정당성을 가지고 살아가는 일의 어려움에 비해서 가해자로 규정되고 사회의 지탄을 받는 일은 얼마나 손쉬운가. "모두가 피해자라서 너는 자연스럽게 가해자가 되었지."(59쪽) 하지만 정작 주영이 확진자가 아니라는 사실, 백화점의 감염자들은 자신과 무관하다는 사실을 알았을 때에는 그 누구를 원망할 수도 없는 상황이 되어 있을 뿐이다. "그토록 논리적이고 정의로운 사람들에게 이딴 악의는 도대체 어디서 나오는 거야?"(62쪽)

「저마다의 신」은 단순히 코로나 초창기의 사회적 현상에서 드러나는 우리 사회의 폭력적인 자경단 놀이와 가해자 만들기를 비판하는 데 그치는 소설은 아니다. 특정 종교에 대한 과도한 악마화가 올바른지 그렇지 않은지를 떠나, 이 소설은 과도하게 납작해진 우리 사회가 어떻게 저마다의 신을 요구하는 외로운 개인들로 이루어져 있는지, 그러한 개인들이 의

도적인 관심이나 손쉬운 위로에 지나치게 흔들릴 만큼 취약한지를 보여준다. 현실과 삶의 복잡성이 유지되어야 하는 이유는 그만큼 타인에 대한 의존성이나 관계의 취약함으로부터 벗어나 나와 타자 사이의 연결성에 대한 능동적인 의미와 해석을 가능하게 해주기 때문이다. 피해자와 가해자라는 이분법적 관계는 이러한 취약성을 그저 타인을 향한 공격성과 자기 정당화로 환원하고자 하는 대응 논리에 불과하다. 이렇게 평면화된 현실에서는 저마다의 신들이 존재할지언정, 그들이 진정으로 우리를 구원해줄 수는 없다.

다른 한편으로 「저마다의 신」은 의존성에 대한 소설이다. 우리가 서로에게 가해자와 피해자가 되지 않으려면, 우리의 삶이 그저 나 혼자 단독의 것이 아니라 알 수 없는 타자에게 열려 있으며 사회적으로 공동체적으로 그들에게 의존하고 있다는 사실을 알아야 한다. 그러나 아이러니하게도 과도한 의존성은 거꾸로 우리를 다시 관계에 종속되도록, 나와 타자 사이에 권력과 지배가, 서로를 착취하도록 만들 수도 있다. 따라서 우리가 저마다 연결되어 있으며, 서로에 대한 의존성 없이는 살아갈 수 없다는 사실을 깨닫는 것만으로는 부족하다. 소설의 결말에서 주영이 제대로 돌보지 못한 고양이들의 운명처럼, 결국 절대적인 의존이란 결코 혼자서는 감당할 수 없는 책임으로 귀결된다. 그리고 그러한 의존은 우리 스스로 이 복잡한 세상을 갑과 을, 생산자와 소비자, 가해자와 피해자로 규정하는 과정에서 절대화되기 마련이다. 우리는 그저 우리 자신일 경우에만 타인과의 연결에 열려 있으며, 통제할 수 없는 의존에 있어서도 그것을 절대화하지 않고 서로를 지탱할 수 있게 된다. 그렇다면 진정으로 필요한 것은 우리가 자기 자신으로 존재하기 위한 대가라고 할 것이다.

존재의 대가

가해자와 피해자, 쫓는 자와 쫓기는 자로 점철되어 있는 이분법적인 세계는 사실 원인이 아니라 하나의 결과물이다. 오늘날 모든 피해자 정체성이 '피해자 코스프레'로 귀결될 수 없으며 오히려 그러한 과도한 피해자 정체성의 도구적 활용이 피해 주체들을 타자화하는 결과로 이어질 수 있다. 따라서 섬세하게 구분되어야 하는 것은 자신의 피해자 정체성을 도구화하는 이면의 정체성으로서의 소비자 주체성이다.

『허들』에서 결코 무시할 수 없는 방식으로 주인공을 억누르고 있는 현실의 평면성이란 그들이 '평범함'을 추구하기 위해 요구되는 경제적 능력에 다름 아니다. 오늘날 평범함이란 그 자체로 넘기 힘든 경제적 허들을 넘어서는 것으로부터 시작해야 한다.

실제로 오늘날의 한국사회에서 '평범함'이라는 말은 명백하게 과대평가되어 있다. '평범하게' 서울에 보금자리를 마련하는 삶, '평범하게' 결혼해서 가족을 꾸리는 삶, '평범하게' 아이들을 키우고 그들에게 부를 대물림하는 삶. 이 모든 평범함의 기준이 실제로는 사회의 경제적 계층에 중산층 이상의 경제적 여유를 가진 사람들에게 허락되는 것임에도 불구하고, 많은 사람들이 그러한 높은 허들을 넘어서는 것만이 대한민국에서 평범의 기준이라는 착각에 의도적으로 동참한다. 어떤 것도 손해 보지 않고 누릴 것을 다 누려야 한다는 생각, 그리고 그러한 평범함을 위해 평생을 견뎌온 삶에는 언제나 개인의 인풋(input)에 대응하는 아웃풋(output)이 동등하게 제공되어야 한다는 생각이 바로 우리를 자본주의사회의 소비자 주체로 정립시킨다. 평범함에 참여하는 가장 명백하고 확실한 순간은 소비자로서의 주체를 전면화하고 자신이 누릴 것에 대해서만 요구하는 과정에 있다.

"삶은 돈이 들어. 생존은 그보단 좀 덜 들고. 존재하는 것? 실은 그게 가장 비싸지."(45쪽) 그저 생존하는 것에서 사람다운 삶으로, 그리고 평범함을 누리며 존재하는 것. 『허들』의 주인공들은 생존과 삶, 그리고 존재 사이에서 분열되어 있으며 자신들이 원하는 존재가 되기 어렵기 때문에 그저 삶을 견뎌야 하는 존재가 된다. 생존에서 삶으로, 그리고 존재로 나아갈 때 우리는 결국 소비자이기를 선택할 수밖에 없으며, 동시에 자신이 원하는 삶을 획득하지 못하고 비싼 돈만을 소비하며 불공정한 거래에 대한 피해자가 된 것처럼 느낀다. 이처럼 『허들』의 이야기는 간접적인 형태로나마 우리 앞에 놓인 취약한 자본의 세계와 그 안에서 살아가는 소비자-피해자 정체성의 삶을 환기하고 있다.

문제는 그러한 소비자-피해자가 되지 않고도 우리가 존재할 수는 없는가에 대한 질문이다. 『허들』의 주인공들이 꿈꾸는 것은 개인이 그저 자신으로 있을 수 있는 삶에 대한 희구다. 비싼 대가를 치르지 않더라도 존재할 수 있는 수단 말이다. 「소년과 소녀가 같은 방식으로」에서는 "쫓기는 것과 떠도는 것들의 세계"(171쪽)에서 벗어나 생존이 아닌 삶의 영역에 도달한 청년의 이야기를 다룬다. 주인공 '영도'는 오직 생존만을 목표로 했던 북한을 벗어나 남한에서 탈북자로서 살아가는 또 다른 납작한 삶을 받아들이고 있다. 영도에게 남한의 삶은 결코 현실의 낙원도 아니고, 미래에 대한 장밋빛 전망을 주는 것도 아니다. 생존의 문제를 겨우 해결했더니 또 다른 방식으로 견뎌야만 하는 남한의 삶, "이게 더 나은 세상이 맞는 건지에 대해서는"(171쪽) 확신할 수 없는 셈이다.

그럼에도 영도는 남한에서의 삶을 유지하기 위해 다소 위험해 보이는 제약회사의 약물 실험에 참여하는데 이 과정에서 그는 같은 실험 투약자에게서조차 동등한 존재로서의 존중을 받지 못한다. 실험실에서 만난 다른 청년 역시 자본주의 소비자로서 삶이 무너지고 점점 더 생존으로 치달아가는 자기 삶을 견디기 위해 투약 실험에 참여하는 것이지만, 그는 그곳에서 만난 영도와의 관계에조차 자신이 우위에 있다는 사실, 남한에서 영도에게 베풀고 있는 삶에 대한 감사의 마음을 확인하고 싶어 하는 것이다. 그에게 있어 탈북민은 생존만으로도 허덕이는 자들이며, 남한에서의 버거운 삶에도 감지덕지해야 하는 연민의 대상이어야 하기에, 그러한 기대가 어긋나고 영도가 자신이 원하는 대상이 아님을 알게 되었을 때 그는 마치 자기가 속은 것처럼 분노를 토해낸다. 그에게 있어서 세상은 너무나도 납작한 것이고 영도의 삶은 그에게 고유의 의미를 지닐 수 없는 이물질에 지나지 않는 셈이다.

지금의 세계가 더 나은 세계인지를 확신할 수 없음에도 불구하고 영도가 결코 행복하다고 말할 수 없는 삶을 받아들이고, 현재의 삶을 견디는 이유는 그가 누군가에게 잠재적인 가해자로, 위험한 이질적 존재, 외부의 침입자로 보이지 않기 위해서일 뿐이다. "안전제일. 더는 위험한 존재가 되지 않는 것. 영도는 자신을 이물(異物)처럼 대하는 사람들에게 보여주고 싶었다. 자신은 빨간색을 반대하는 쨍한 파란색이라는 것을."(151쪽) 같은 브로커를 통해서 함께 탈북을 시도했지만 그 과정에서 결코 스스로 죽음을 선택할 것 같지 않았던 소녀 '기은'의 죽음에 대한 영도는 일종의 부채의식을 느낀다. 그 것은 어찌 보면 불가피한 가해자 의식일지도 모르지만, 반대로 살아남은 자로서 영도가 자신의 존재에 대하여 고민하게 되는 계기이기도 하다.

영도가 기은의 죽음을 떠올리고 "기은이 간 세계"(164쪽)와는 멀리 떨어진 현재의 삶을 살아가는 과정에서 깨닫는 것은 삶이 생존 이상으로 무서운 것이라는 사실이다. "영도는 그 일을 통해 정말 무서운 것이 무엇인지 알았다. 인간으로 산다는 것, 그 형태를 유지한다는 것이었다."(164쪽) 인간으로 살아간다는 것은 무해함으로만 유지되는 것이 아니다. 돈 많은 사람들이 누리는 평범함과 소비자로서의 권리만이 존재를 구성하는 것도 아니다. 그것은 결코 피해자-가해자의 이분법으로 가를 수 없는 타자와의 연루와 그것을 통해서 입체화되는 자기 삶에 대한 이해에 의해서 환기된다. 「로즈쿼츠」의 표현대로라면 "나로 살아보고 싶었다. 아무것도 아닌 그저, 나로" (195쪽)라는 존재에 대한 욕망은 누구와도 연루되지 않는 삶을 말하는 것처럼 보이지만 실제로는 그렇지 않다. 「로즈쿼츠」의 주인공이 엄마의 삶과의 연루 속에서만 자기 존재에 대한 욕망을 되새김질하듯, 영도 역시 기은과의 길지 않았던 만

남과 그 죽음을 잊지 못하는 한에서만 남한의 삶 너머에 있는 자기 존재를 겨우 꿈꿀 수 있는 셈이다.

어쩌면 「햄의 기원」의 태도는 소설집 전체의 주제를 포괄하고 있는 형식이라고 말할 수 있을 것이다. 서술자는 결코 햄과 화 씨의 삶, 그리고 그들이 선택한 과장된 예술적 제스처, 혹은 그 안에 존재할지도 모르는 내적 진실을 따져 묻지 않고 그저 곁에 있어주기를 선택한다. 이러한 연루의 태도는 소설 전체에서 납작해져버린 삶을 살아가는 인물들 모두에게 독자로서의 우리가 가져야 할 태도일지도 모르겠다. 그것이 어쩌면 자본주의 시스템에서 제시되는 가격과 소비자 권리로는 결코 환원할 수 없는 존재의 대가다. 존재의 대가는 타자와의 우연한 연루, 불확실하고 취약하기에 그만큼 복잡하고 입체적인 관계를 유지하려는 노력에 값하는 것이 아닐까. 돈으로만 존재를 살 수 있다는 생각, 존재의 조건이 가장 비싼 것이라는 생각과 달리 존재가 어려운 이유는 그것이 필요로 하는 대가가 내가 아닌 타자의 자리에 있기 때문이다. 결코 적극적이거나 절대적인 환대라고 말할 수 없는 지점에서, 우리는 결코 무해함 때문이 아니라 자기 존재에 대한 희망 속에서 서로를 지탱하고 있다.

그리고 이 지점이야말로 가해자와 피해자로 양분화된 세계, 해석의 여지없이 납작한 세계가 다시금 입체성을 획득하는 지점이자, 내가 나로서 존재할 수 있는 장소이기도 하다. 달리 말하자면 내가 나로서 존재하기 위한 장소는 나 자신에게 있을 수 없다. 오직 그것은 불친절하고 불확실한 타자에게 나를 내어주는 연결성에서만 성립하기 때문이다. 신주희의 소설집 『허들』에서 허들이란 그저 평범함의 기준을 넘어서는 것이 아니라, 우리가 서로의 존재를 위해 넘어서야 하는 진정한 타자의 눈높이를 제시해주는 것처럼 보인다. 이 허들은 설령 우리가 그 기준에 걸려 넘어지더라도 뛰어야만 하는, 깊이 있는 존재의 연루 방식이다.

두 번째 소설집을 내놓는다.

첫 소설집 『모서리의 탄생』이 모서리에 맺힌 하나의 점에 관한 것이라면, 두 번째 소설집 『허들』은 운동 방향이 수직과 수평으로 다른 두 점에 관한 이야기다. 안다. 이 두 점은 끝내 만나지 못할 것이다. 결과로 맺히지 못하고 내내 허공을 떠돌다 어딘가로 사라질 것이다. 『허들』을 엮으며 나는 '높이 달리기'를 하는 기분이었다. '높이'와 '달리기'같이 지극히 현실적인 단어의 조합이 만든 비현실적인 상황 속에서 나는 자주 길을 잃었다.

아무리 써도 불안을 극복하는 것이 불가함을 설명하는 소설들을 묶으며 나는 또 한 번 허들을 넘었다. 땅에서 두 발이 떨어지고 장애물을 뛰어넘는 순간, 비행이라는 단어를 떠올리기도 했다. 하지만 그것은 해피엔드를 향하는 기대 앞에서 여지없이 무너졌다.

소설을 쓰는 일이 내가 부당하다고 여기는 현실을 뛰어넘는 것이라 믿은 적이 있다. 그러나 내가 뛰어넘어야 하는 현실이란 과연 무엇이었을까. 비극의 중력으로부터 자유로울 수 없는 인간에게 비행은 착각이자 자위라는 것을 눈앞에 놓인 또 다른 허들을 보며 깨닫는다.

때문에 너무 열심히 뛰지 않기로 했다.

무엇인가를 뛰어넘는 것이 목표가 되는 삶에서 기권을 선언할 작정이다. 대신 삶 속에서 가능한 해피엔드에 대해 다시 생각해본다. 아직 정해지지 않은 결말 앞에서 다양한 마음들을 만나고 그 마음들이 울리는 공명에 귀 기울이는 여유를 가지면서.

그러니, 부디 적당히 뛰시길.

대신 잘 먹고, 잘 주무시길. 되도록 오래 행복하시길.

2022년 11월

신주희

수록 작품 발표 지면

「햄의 기원」
『영화가 있는 문학의오늘』 2020년 봄호(발표 당시 제목 「모서리의 탄생」)

「저마다의 신」
『자음과모음』 2021년 봄호

「허들」
『실천문학』 2022년 여름호

「휘발, 공원」
『낯익은 괴물들』, 폭스코너, 2021

「잘 자 아가, 나무 꼭대기에서」
『영화가 있는 문학의오늘』 2021년 여름호(발표 당시 제목 「간단한 기도」)

「소년과 소녀가 같은 방식으로」
『단군릉 이야기』, 예옥, 2019

「로즈쿼츠」
『문학에스프리』 2019년 여름호

허들

ⓒ 신주희, 2022

초판 1쇄 인쇄일 2022년 12월 7일
초판 1쇄 발행일 2022년 12월 19일

지은이   신주희
펴낸이   정은영
편집   최찬미 방지민
디자인   연태경
마케팅   최금순 오세미 공태희
제작   홍동근

펴낸곳   (주)자음과모음
출판등록 2001년 11월 28일 제2001-000259호
주소   10881 경기도 파주시 회동길 325-20
전화   편집부 02) 324-2347 경영지원부 02) 325-6047
팩스   편집부 02) 324-2348 경영지원부 02) 2648-1311
이메일   munhak@jamobook.com

ISBN 978-89-544-4856-7 (03810)